사신공주의 재혼 4

귀여운 내 왕자님

오노가미 메이야
(小野上明夜)

앨리스노블

번역 이진주 **표지** 조은아 **편집** 김은솔 **디지털** 김효준 **마케팅** 김정훈

차례

트레이스
카슈반의 소꿉친구
겸 집사
루아크
장난기 가득한,뒷세계
에서 유명한 소년
알리시아 페이트린
어느 사건을 계기로 <사신
공주>라고 불리게 된, <지
방백>의 칭호를 가진 격식
높은 몰락귀족의 외동딸

등장인물 소개
티르나드 레이덴
명문가 레이덴의 당주
카슈반 라이센
<아즈베르그의 폭군>으로 이름 높은 벼락출세한 귀족. 국왕에게 특별히 허락받은 강공작이라는 칭호를 지녔다
노라 델페스
라이센 가에 고용된 하녀

Illustration
키시다 메루

서장

「……아아. 또다시 그 용이 찾아올 거예요.」

호사스러운 침대 끄트머리에서 가냘픈 몸을 움츠리며, 이젤리아네 공주는 절망적인 생각을 반복하고 있었다.

고향을 멀리 떠나 높디높은 탑에 갇힌 지 며칠이 지났을까.

호화로운 방도, 수많은 보석도, 색색의 드레스도 아무 위안이 되지 않았다.

쿵쿵 난폭한 발소리가 바닥을 울리고, 비릿한 냄새가 확 풍겨왔다.

토기가 올라오는 것을 억누르며 이젤리아네 공주는 하얀 손가락이 더욱 하얗게 될 정도로 강하게 두 손을 쥐고 빌었다.

「부탁이에요. 지랄딘 님. 빨리 구하러 와주세요.」

그러나 오늘 밤도 아름답고 가련한 공주의 바람은 이루어지지 않았다.

「이젤리아네 공주여. 나의 사랑하는 이젤리아네 공주! 지금 돌아왔소!」

방문을 난폭하게 열어젖히고 모습을 나타낸 것은 사랑스러운 왕자 지랄딘이 아니라 ―비릿한 냄새와 청정한 백합 냄새를 한 몸에 두른 그레이드였다. 그레이드는 겉으로 보기에는 젊고 매력적인 청년이었다. 하지만 거칠고 오만한 표정과 숨길 수 없는 비린내 때문에 조금도 매력적으로 보이지 않았다.

이젤리아네 공주는 그레이드의 몸에서 피어오르는 비릿한 냄새를 싫어했다. 공주를 위해 그레이드는 부하인 오크를 시켜 꽃의 요정을 잡아와 거대한 꽃밭을 만들게 했다.

그레이드는 요정의 힘으로 키운 싱싱한 꽃을 몸에 문지르고는 언제나 득의양양한 얼굴로 납치한 공주를 만나러 오는 것이다.

「오늘 밤도 아름답구려……. 어떻소? 그대는 백합을 좋아하지 않소이까. 자 오늘 밤에야말로 키스를!」

양손을 벌리고 그렇게 자신을 부르는 그레이드의 몸에서 피어오르는 이상한 냄새에 이젤리아네 공주는 견디지 못하고 고개를 돌리고 말았다.

백합의 청초한 향기가 용이 내뿜는 비린내와 섞여 토기를 불러오는 이상한 냄새가 되었던 것이다. 또 하나, 좋아하던 꽃을 싫어하게 되었다는 슬픔에 이젤리아네 공주는 작은 창문 건너편을 보며 탄식했다.

「지랄딘 님, 제발 부탁이에요. 더는 참을 수 없답니다. 빨리 구하러 와주세요. 빨리…….」

「그만해! 그 녀석 이름을 두 번 다시 부르지 말라고 했을 텐데!」

그렇게 외친 그레이드의 몸이 팽창했다. 값비싼 옷이 찢어지고 가시투성이 추한 피부가 드러났다.

헉 숨을 삼키며 뒷걸음질 친 이젤리아네 공주가 지켜보는 가운데, 그레이드는 순식간에 검은 용의 본성을 드러냈다.

천장을 뚫고 나갈 듯이 거대한 용으로 변신한 그레이드가 도망치는 공주를 향해 울부짖었다.

「내가 이 정도로 사랑하고 있는데! 정말로 제멋대로인 여자로군!」

새빨간 입을 크게 벌린 그레이드가 날카로운 갈고리발톱이 달린 앞발로 이젤리아네 공주의 드레스 자락을 할퀴었다.

「더는 용서 못 해! 잡아먹을 테다!」

그레이드가 결국 추한 본성을 드러냈다. 그런데 그 순간이었다. 그레이드가 갑자기 칵 비명을 지르며 천장에 머리를 부딪쳤다.

잘 보니 그레이드의 목덜미에 멋진 보석이 박힌 검이 한 자루 꽂혀 있는 게 아닌가!

발버둥 치는 그레이드의 뒤에 금색 머리카락을 지닌 아름다운 젊은이가 서 있었다.

그레이드 따위와는 비교도 되지 않을 만큼, 모습만이 아니라 혼까지 늠름하고 고귀한 아름다운 연인을 발견하고 이젤리아네 공주는 환희에 몸을 떨었다.

「아아, 지랄딘 님……! 와주셨군요……!」

“아, 지랄딘 님. 정말 멋있어……!”

이젤리아네 공주에 빙의해 있던 소녀는 페이지를 넘기던 손을 멈추고 황홀한 목소리를 흘렸다.

소설 종반. 검은 용 그레이드와 치룰 최후의 결전을 위해 날아온 지랄딘 왕자가 모습을 나타내는 장면은 소녀가 가장 마음에 들어 하는 부분이었다. 문장만이 아니라, 옆 페이지에 그려진 삽화도 멋있어서 언제나 이렇게 시간을 듬뿍 들여 읽곤 했다.

가시투성이 검은 용의 등 뒤에 서 있는 찬연하게 빛나는 백옥과도 같은 미모의 왕자. 금색 고수머리와 단정한 얼굴이 세련된 하얀 의상과 푸른 망토에 더할 나위 없이 잘 어울렸다.

대국인 렌버그 왕국 왕자로서 이젤리아네 공주와 처음 만난 순간부터 진심으로 공주를 사랑하게 된 지랄딘. 품행 방정, 문무겸비. 아름다운 용모와 고결한 혼. 공주를 향한 한결같고 불타는 애정 등등 모든 것을 겸비한 소녀들의 이상.

“꿈의 왕자님…… 아니, 나의 왕자님.”

사랑스러운 공주에게 상냥하게 미소 짓는 삽화 속 왕자의 얼굴을, 소녀는 하얀 손가락 끝으로 사랑스럽다는 듯이 쓰다듬었다.

“언젠가 꼭 찾아낼 거야. 나의 지랄딘 님을.”

[제1장] 페이트린으로의 초대

실딘 왕국 북쪽 변경, 아즈베르그 지방.

기복이 심한 거친 땅 안쪽 깊숙한 곳에 있는 검은 숲. 악명 높은 영주 카슈반 라이센의 저택은 검은 숲에서도 또 깊숙한 안쪽에 있다.

최근에는 '라이센 돌 저택'이라고도 불리는 이 저택은 날개를 가진 괴물 상이 여기저기에 붙어 있는 기분 나쁜 저택이다. 그것만으로도 실딘 왕국의 국교이며 날개 가진 것은 전부 성스러운 존재로 숭상하는 '날개의 기도' 교단을 경시한다고 받아들여져도 어쩔 수 없는 곳으로, 지금도 깊은 신앙심을 유지하는 아즈베르그 지방 영민에게는 평판이 나빴다.

거기에 정원에는 마치 묘석과도 같은 거대한 검은 돌들이 늘어서 있었다. 이것들이 '결국 사신 공주의 저주가 효력을 발휘하기 시작하는가'라는 터무니없는 소문의 원인이 되고 있었다.

그러나 여러 의미로 용자들이 모인 이 저택의 사람들에게 그런 수많은 유언비어 따위 옆집 개 짖는 소리인 모양이었다. 오늘도 저택 2층에 있는 작은 방에서는 저택의 마님과 '아들'이 우아하게 시간 죽이기에 몰두하고 있었다.

"—자, 이걸로 끝이에요."

'날개의 소녀에게 바치는 곡'의 마지막 음이 천천히 사라져갔다.

"우와— 대단해, 알리시아. 진짜 잘 친다! 나, 오늘 처음으로 알리시아가 좋은 집 아가씨구나 생각했어!"

실례되는 말을 무척 자연스럽게 하면서 열심히 짝짝 손뼉을 치는 자는 은발의 소년 암살자 루아크였다.

"고마워요, 루아크. 하지만 실력이 아직 한참 부족해요."

특별히 기분 나빠 하는 기색도 없이 오래된 오르간 앞에 앉은 채 방긋 웃는 황갈색 머리카락의 소녀. 이 저택 안주인인 '사신 공주' 알리시아였다.

"이 정도로는 아직 돈 받고 들려줄 수 없는걸요. 예술의 길은 험준해요."

"아하하. 단숨에 여느 때 알리시아로 돌아와 버렸는걸. 귀족님들 연주는 오히려 조금 초보 티가 나는 편이 좋다고 하던가?"

알리시아가 위대한 예술가와도 같이 겸손해하는 모습을 보고 루아크는 주변에 개의치 않고 키득키득 웃음소리를 냈다.

이제는 혈통 외에는 내세울 것도 없다고 할 정도까지 몰락한 명문가 페이트린의 영애인 알리시아. 첫 결혼식을 한창 진행할 때 남편이 살해되어 '사신 공주'라는 별명을 갖게 되었다. 1년 반하고도 조금 더 전에 일어났던 일이다. 이후로는 알리시아를 사가려는 사람은 없어졌다. 그러다가 아즈베르그 영주로 출세한 라이센 가에 돈에 팔린 것과 마찬가지로 시집온 시기는 올봄 초.

작은 체구에 말라깽이, 그럭저럭 귀엽다고 말할 정도인 외모에 안경을 쓴 소녀는 변함없이 오래된 드레스 모습일 뿐만 아니라, 언동도 전혀 '공작부인'답지 않았다.

그러나 덕분에 웃는 얼굴로 진심을 감춘 채 좀처럼 본심을 보이지 않는 루아크가 묘하게 알리시아를 잘 따르고 있었다.

"제대로 조율도 안 한 오르간을 그만큼 칠 수 있으면 잘 치는 거라니까. 요리 솜씨도 뛰어나고 알리시아, 의외로 여러 가지로 특기를 갖고 있네……. 그런데 노라, 슬슬 들어오는 게 어때?"

소리 없이 웃는 루아크에게 이끌려서 알리시아가 출입문 쪽으로 시선을 향했다. 실내를 몰래 들여다보던 빨간 머리 하녀는 깜짝 놀란 표정을 지었다.

"뭐, 뭔가요. 돼, 됐어요! 오르간 소리가 들려오기에 잠깐 무슨 일인가 보러온 왔을 뿐으로……!"

변명 같은 말을 늘어놓는 미인 하녀 노라는 알리시아의 전속 하녀로서 자칭 카슈반의 애인이었다.

"그런 것치고는 계속 거기 서서 듣고 있었지? 꽤 몰두해서 듣지 않았던가?"

루아크는 과거에 '장난감 군대'라고 불리던, 국가와 관계가 있는 암살 집단에 속해 있었다. 그곳에서도 월등한 실력자로 알려져 있었는데, 아무래도 알리시아의 연주에 귀를 기울이는 한편 노라의 행동도 완전히 파악하고 있었던 모양이었다.

"흐, 흥. 이 정도야, 지방백 영애라면 당연한 일이에요. 악기 연주는 신부 수업에서 필수 항목이니까요. 하물며 제대로 된 지참금도 준비할 수 없다면 다른 점으로 보완하려는 것도 어쩔 수 없는 일이지요."

"어머, 혹시 애인도 오르간을 잘 치는 편이 좋은가요? 노라. 괜찮다면 나랑 연탄 해볼래요?

정실인 알리시아도 알리시아였다. '애인을 갖는 것은 부자라는 증거'라는 사고방식의 소유자였다. 덧붙여 노라는 알리시아에게는 처음 생긴 비슷한 또래 친구였다. 알리시아가 주인과 고용인이라는 틀을 뛰어넘어 친근함을 느끼는 상대였다.

"……좋아요. 뭐, 언젠가 저는 카슈반 님의 정실이 될 테니, 그때를 생각한다면 배워두는 편도 좋겠죠. 그런데……."

이렇게 거리낌 없이 애인으로 환영받으니 노라로서는 오히려 리듬이 흐트러졌다. 그런 말을 중얼거리면서 노라는 우선 실내로 들어왔다.

"그건 그렇고 이 오르간, 소리가 나는군요."

노라는 반쯤은 질렸다는 듯이, 반쯤은 감탄했다는 듯이 말했다. 그러면서 쏟아져 들어오는 여름 햇살을 받으며 하늘하늘 공중에서 춤을 추는 먼지가 진절머리가 난다는 듯이 노라는 손으로 털어냈다.

대가 바뀔 때, 많은 고용인이 도망치듯이 저택을 나갔다. 이후, 새로 고용된 사람은 노라 정도였다. 그래서 넓은 저택엔 관리의 손길이 닿지 않은 채 방치된 방이 많았는데, 이 방도 그중 하나였다.

"그래요. 저도 전부터 신경이 쓰이기는 했답니다. 하지만 청소를 하지 않으면 칠 수가 없고, 또 카슈반 님 허락도 받지 않았으니까요……. 하지만 세일러가 괜찮다고 말하면서 청소를 도와줬고, 또 루아크도 오르간 치는 걸 듣고 싶다고 해서요. 생각보다 손가락이 굳지 않아서 다행이었어요."

틈만 나면 악취미로 가득 찬 저택 안을 촐랑촐랑 돌아다니던 알리시아는 이전부터 먼지투성이 오르간에 흥미를 갖고 있었다.

조금 소심하지만 의지할 수 있는 하녀인 세일러와 루아크가 등을 떠밀어준 덕분에 오늘 오랜만에 오르간을 칠 기회를 얻었다.

"원래는 이 오르간, 성당에 있던 것이니까요. 카슈반 님은 '날개의 기도'와 관련된 물건을 싫어하시지만…… 그래도 뭐, 괜찮겠죠. 마님…… 좀 더 쳐보실래요?"

노라는 매일같이 카슈반과 알리시아 사이에 금이 가기를 노리고 있었다.

그러나 오늘 노라의 어조를 들으면 알리시아가 카슈반의 미움을 사길 노리고 권하지는 않은 듯했다.

"뭐— 야, 노라. 역시 마음에 들었지. 하긴 여기에는 제대로 된 오락거리도 없으니까, 때로는 아름다운 음악 정도는 듣고 싶어지나?"

놀리듯이 말한 루아크는 노라가 뭐라고 되받아치기 전에 슥 다가갔다.

"맞다아. 알리시아가 또 한 곡 쳐준다면 나, 노라랑 춤을 출까?"

"예엣?!"

깜짝 놀라 뒷걸음질 치는 노라를 바라보며 루아크는 의미심장하게 웃었다.

"그게 나, 알리시아의 아들이 됐는걸. 내가 엄청 좋아하는 알리시아는 무진장 좋아하는 노라가 자기 딸이 돼서 계속 이곳에 남길 바란단 말이지. 그래서 진심으로 노라를 공략해보려고."

농담조 어조에 섞어서 스리슬쩍 입에 올린 '아들'이라는 단어에 노라가 미묘한 표정을 지어 보였다.

최근 암살자가 루아크의 형 사이드를 사칭해서 여러 가지 일이 일어났었다. 노라는 얽혔던 경위를 전부 전해 듣지는 못했다. 그러나 부분적인 설명과 우회한 대화를 통해 대략적인 사정은 이해하고 있었다.

"—뭐, 괜찮아요. 한 곡 정도라면."

묘하게 시원스레 긍정하는 모습에 루아크는 의외라는 얼굴을 했다.

"얼—라리요? 왜 그래? 노라. 혹시 나 동정해 줬어? 신데렐라가 되길 바라는 노라는 나 같이 하잘것없는 암살자 따위는 상대해주지 않으리라 생각했는데 말이지."

밝은 어조로 잔인한 말을 하는 루아크를 외면하며 노라는 중얼거렸다.

"동정 같은 게 아니에요. 아아, 그리고 저는 어디까지나 카슈반 님을 노리니까 당신이 노리는 건 사양이에요! ……하지만……."

평상시 당당하고 굳세던 모습은 어디로 갔는지 망설이는 듯이 띄엄띄엄 말을 이어갔다.

"루아크가, 그, 없어졌을 동안, 아주 조금이지만, 뭐라고 해야 할까요, 뭔가 부족하달까요……. 그래요. 당신은 언제나 어디서든 주변을 개의치 않고 나타나서는 웃으면서 변변치 않은 말을 하잖아요! ……그러니까…… 없어지니까, 너무 조용해져서…… 그, 상당히 해먹기 힘들다고 생각한 적이 몇 번인가……."

"어머 노라. 루아크가 돌아와 줘서 기뻤다는 말이군요!"

이럴 때만 정확한 알리시아의 발언에 노라는 당황해서 반론했다.

"아니에요! 그저…… 그저, 그래요. 루아크는 이제 여기에 있는 게 당연해요!! 그러니까…… 꺅!"

부정하려고 큰 목소리를 낸 노라의 손을 루아크가 잡아당겼다.

루아크는 남자치고는 체구가 작다. 그래도 극한까지 단련한 나긋나긋한 육체는 가늘어 보여도 뜻밖에 다부졌다. 루아크는 놀란 노라를 힘들이지 않고 가볍게 안아 올렸다.

"알리시아, 들었어? 이거, 완전히 뼈 있는 말이지?"

어조는 가벼웠지만 노라를 바라보는 녹색 눈동자는 여느 때와 다르게 요염했다.

"그치이. 레네 뿐 아니라 알리시아에게도 가까이에 모범이 될 만한 남녀 관계가 있을 필요가 있겠지? 카슈반 형님과 노라 상대로는 실용성이 떨어지니까."

루아크는 두 사람의 애인 관계는 노라가 일방적으로 주장하고 있을 뿐이라는 사실을 알고 있었다. 노라는 조금 분하다는 표정을 지었다.

"어때? 노라. 나, 노라가 진심으로 생각하는 상대가 카슈반 형님이라도 전혀 상관없는데. 생각해보면 '춤춘다'는 말도 그런 류 유혹 문구로 사용할 때가 있잖아."

허리 근처에 둘러진 루아크의 손에 살짝 힘이 들어갔음을 느끼고 노라가 필사적으로 저항하기 시작했다.

"잠깐, 그만해둬요. 무무무 무슨 말을 하는 거예요, 루아크! 저, 저는 카슈반 님 애인이고 당신도 그분 고용인이잖아요?! 게다가 마님이 계신 앞에서 뭘 할 생각이에요!!"

이런 쪽으로는 완전 둔해 빠진 알리시아까지 들먹이며 노라는 루아크의 장난을 막으려고 열심히 말했다. 그러나 알리시아는 오히려 눈을 반짝반짝 빛내고 있었다.

"주인의 애인에게 다른 고용인이 손을 대는 거군요. 그래요. 소설에서는 자주 이런 식으로 인간관계가 진흙탕이 돼버리곤 하죠. 그리고 마지막에는 피를 피로 씻는 참극으로 발전한답니다."

"또 공포 소설인가요?! 마님은 우선 제대로 된 연애 소설부터 읽기 시작하는 편이 좋겠네요……. 잠깐, 그 우아한 댄스용 곡은 대체 뭔가요?!"

빈곤해도 즐길 수 있는 오락이라 시작했지만 완전히 몸에 배어버린 공포 소설 취향을 한껏 피로하면서도 알리시아는 주문대로 오르간 연주를 시작했다. 그런 알리시아에게 노라가 절규했다.

"자, 자, 노라. 모처럼이니까 춤추자. 괜찮아. 나는 발로이 아저씨보다는 신사니까 여기서 침대에서 하는 것처럼 춤추자고는…… 어이쿠?"

능글능글 웃던 루아크가 뭔가 알아차린 기색으로 갑자기 입구 쪽으로 눈길을 주었다.

"뭘 하는 거냐, 너희!"

잠시 후, 약간 톤이 높아진 젊은이의 목소리가 울려 퍼지는 바람에 알리시아와 노라도 입구를 바라보았다.

그곳에는 갈색 머리에 제법 예쁘장한 얼굴을 지닌 소년이 서서 어이없다는 태도로 실내 풍경을 바라보고 있었다.

"어머, 레이덴 백작님. 거기다 카슈반 님도, 세이그람에 트레이스도 다들 안녕하세요. 왜 그러시죠?"

"……왜 그러시죠?는 여러 가지 의미로 이쪽이 할 말인데."

일동을 대표해 말한 자는 알리시아의 남편인 '강'공작 카슈반 라이센.

검은 머리에 검은 눈동자, 검은색 일색인 군복풍 복장으로 몸을 둘러쌌다. 키가 큰 남자로 귀족다운 우아함보다는 거칠고 강인한 인상이 두드러지는 외견을 갖추고 있다. 막무가내식 통치로도 잘 알려져 있어서, 특히 종래 귀족에게는 '아즈베르그의 폭군'이라고 악평이 높았다. 그러나 농민층에게는 의외로 인기가 있다.

"묘한 이야기가 들려서 돌아왔더니, 어째서인지 오르간 소리가 들려오더군. 거기다 루아크와 노라가 서로 끌어안고 있었다. 대체 뭐가 어떻게 돼가는 거지?"

"오해예요, 카슈반 님. 루아크가 장난으로 들이댔을 뿐이에요!"

겨우 루아크의 팔을 풀어낸 노라가 내는 가련한 목소리를 듣고 루아크는 어깨를 으쓱해 보였다.

"뭐라니, 카슈반 형님이 없어서 알리시아가 심심하다기에 오르간 쳐달라고 했을 뿐인데? 거기에 덧붙여 노라로 연주를 해볼까 했지. 하지만 미안해, 티르 도련님. 도련님이 오는 줄 알았으면 삼갔어야 했는데."

루아크가 일부러 부른 이름은 카슈반이 아니었다. 약간 안도한 표

정을 지은 조금 전에 소리를 쳤던 갈색 머리 젊은이였다.

이곳 아즈베르그 산맥을 사이에 끼고 동쪽에 있는, 축복받은 비옥한 대지를 지닌 지방 영주 티르나드 레이덴이었다. 그렇다고는 해도 실딘 왕국에서 성년으로 인정받을 수 있는 18세가 채 안 되었다. 그래서 영주 권한은 후견인인 카슈반이 쥐고 있는 상태였다.

"뭐, 뭐냐. 너희가 뭘 하든 나와는 관계없잖아?!"

"그, 그, 그래요. 레이덴 백작님 말씀대로예요! 전부터 말했지만 이런 풋내기 도련님에게는 진짜 흥미 없다고요?!"

입을 모아 티르나드도 노라도 관계없다고 강조했다. 하지만 두 사람 다 사이좋게 얼굴이 붉게 물들어 있었고, 목소리에는 동요하는 빛이 짙게 드러나고 있었다.

"어머, 노라. 레이덴 백작님 쪽이 더 좋다면 그래도 상관없어요. 뭣하면 레이덴 백작님과 결혼한 다음에 루아크를 애인으로 둘래요? 그래도 카슈반 님 애인으로는 계속 있어 줘요. 그렇지 않으면 좀처럼 만날 수 없는걸."

제멋대로 제안을 시작한 알리시아에게 노라는 눈꼬리를 끌어 올리며 '그런 문란한 관계는 사양입니다!'라고 되받아쳤다.

한숨을 내쉬면서 카슈반이 뭐라고 한마디 하려는 순간, 티르나드 앞으로 슥 나서는 그림자가 있었다.

"티르나드 님 이외라면 네 상대가 누가 됐든 전혀 상관없다. 루아크. 사양하지 말고 그 암고양이와 노닥거리도록 해."

안경을 밀어 올리며 알리시아의 제안을 무시하고 잘라 말한 사람은 검은 머리를 하나로 묶은 지적인 분위기를 지닌 청년, 세이그람

알레이였다.

수많은 명문가를 전전하다 최종적으로 티르나드의 가정교사 겸 집사로 눌러앉은 이 남자는 최근 주인과 하녀 사이가 수상쩍은 것이 영 마음에 들지 않았다. 어느샌가 손에 늘 사용하는 소형 채찍이 출현했다.

"네가 상관있는지 없는지는 문제가 아니야, 세이그람. 노라의 감정 문제다."

재빨리 말한 카슈반은 '그럼 내 감정은?!'이라고 시끄럽게 떠드는 티르나드를 무시하고 알리시아에게 얼굴을 돌렸다.

"그런데 알리시아. 오르간을 치고 있었나?"

"예. 어머나, 죄송해요. 기분이 상하셨나요?"

저택을 보면 알 수 있지만, 카슈반은 신을 믿지 않기로 유명하다.

원래 성당에 있던 물건인 데에 더해 종교 행사에 사용되는 일이 많은 오르간의 음색이 불쾌했을까. 그렇게 생각한 알리시아는 재빨리 사과했다. 애당초 치던 곡부터 '날개의 기도'와 관련된 곡이었다.

"아니, 그렇지 않다. 그저…… 그, 너, 오르간을 칠 줄 아는군. 게다가 솜씨가 꽤 좋아."

"고맙습니다. 하지만 제 실력은 아직 한참 부족하답니다. 이래서는 도저히 돈은."

"아하하. 아까 전 나랑 했던 이야기랑 똑같은 전개인걸."

그렇게 놀리며 대화에 끼어든 루아크가 노라에게서 몸을 떼고 가까이 다가왔다. 그의 등 뒤에서는 레이덴 주종과 노라가 여전히 깍깍거리며 언쟁을 하고 있었다.

"……카슈반 님. 세이그람 님이 오늘 밤 노라의 방에 가서 그……기, 기정사실을 만드니 어쩌니 말하고 계신데, 괜찮을까요……?"

카슈반의 소꿉친구이며 라이센 가 집사로 일하는 금발 청년 트레이스는 세 사람이 하는 양을 보고 걱정스러운 표정을 짓고 있었다. 하지만 루아크는 세 사람에게는 신경 쓰는 기색도 없이 화제를 바꾸었다.

"그건 그렇고 카슈반 형님이야말로 어떻게 되었어? 축제 준비로 바쁘다고 했잖아?"

아즈베르그 지방의 여름은 짧다. 짧은 여름의 끝에 수확의 계절인 가을의 풍작을 기원하며 영지 내에서 성대한 축제를 여는 게 이 지방 풍습이다.

선대 영주이자 카슈반의 아버지이기도 했던 하르바스트가 장미꽃에 미쳐 통치를 내팽개쳤던 기간에도 풍작을 기원하는 축제는 열리고 있었다.

그 기간 동안, 영주를 대신해 축제를 도맡았던 것은 '날개의 기도' 교단이었다. 그러나 카슈반이 영주가 된 후, 축제를 다시 영주가 맡겠다는 뜻을 선언했다. 때문에 한때는 저택에서 지낼 수 있을 정도로 여유로웠던 카슈반이 요즘은 다시 밖으로 나돌아다니는 일이 늘어났다.

"오늘도 해 질 녘까지 돌아올 생각이 없었는데 말이다. 아무래도 또 일이 이상하게 흘러가는 모양이야."

그렇게 말하고 카슈반은 품에서 서신을 한 통 꺼내 들었다.

이미 봉랍은 뜯어져서 흔적만 남았을 뿐이었다. 봉투로 사용한 종이는 호사스럽게 빛에 비쳤을 때 무늬가 떠오르도록 처리를 해놓았다. 부자가 보낸 편지네. 그렇게 살짝 기뻐하는 알리시아에게 카슈반은 이렇게 물어보았다.

"알리시아. 너, 로벨 가가 어떤 가문인지 알고 있지?"

생각지도 못한 이름에 알리시아는 눈을 끔뻑거렸다.

"어, 그러니까 알고 있답니다. 페이트린 5가문 중 하나예요."

그때 옆에서 티르나드가 끼어들었다.

"어이 라이센. 그러고 보니 페이트린 5가문이 뭐냐? 내 앞으로도 서신을 보내왔던데."

정말로 모르겠다는 그 얼굴을 보고 카슈반과 루아크, 노라와 언쟁을 벌이던 세이그람까지 후우 한숨을 내쉬었다.

"어이, 세이그람. 나는 티르의 후견인으로서 정말 한심하다고 생각한다. 레이덴 지방은 페이트린과 일부 지방을 마주하고 있을 텐데."

"정말로 면목 없습니다, 강공작 각하. 티르나드 님은 결코 머리가 나쁘진 않습니다만, 다소 세상 물정을 모르는 면이 있으십니다. 솔직히 저도 어디서부터 가르쳐야 좋을지 아직도 곤혹스럽습니다."

"뭐, 뭐야! 미안하다, 몰라서!"

호들갑스러운 두 사람의 대화에 티르나드가 당황하자 루아크가 자자, 하면서 위로했다.

"예, 예. 루아크 형아가 티르 도련님도 알 수 있게 설명해줄게. 페이트린 5가문은 페이트린 지방을 분할 통치하는 신흥 귀족 집단을 말하는 겁니다. 비단 페이트린만 그렇진 않아. 지방백이 몰락한 지역에 다른 유력한 귀족이 없는 경우, 어느 정도 힘이 있는 귀족님이 집단으로 영주의 권한을 갖는 것은 자주 있는 일이야. 그렇지?"

지방백은 가문의 이름을 실딘 왕국 각 지방의 이름으로 삼은 영주 집안을 말한다. 그렇다고는 해도 80년 전쯤에 국내를 휩쓴 하극상에 휘말려 알리시아가 태어나고 자란 페이트린가처럼 완전히 몰락해버린 지방백도 많았다.

"바보 취급하지 마! ……레이덴 지방도 한때는 그렇게 될 가능성이 있었다고. 나도 그 정도는 알아! 그리고 대체 뭐야, '형'이라니. 너, 나보다 연하잖아?!"

아무래도 좋을 일을 되받아친 티르나드를 '어머, 당신 카슈반 님께 열 살짜리 어린애 취급을 받잖아요!'라고 노라가 깔보는 발언을 했다. 그 말을 시작으로 또다시 레이덴 주종과 하녀의 언쟁이 재개되었다.

"그 로벨 가 분들께 무슨 일이라도 있나요?"

"알리시아, 네 저택을 사들이고 싶다는군."

또 생각지도 못한 말을 듣고 알리시아는 다시 한번 눈을 껌뻑거렸다.

"제 저택이라니…… 저, 페이트린 저택을, 로벨 가 분들이요?"

"그런 이야기가 지금까지 없었던 게 아니잖아? 페이트린 5가문이라고 하나로 묶어서 얘기하지만, 서로 사이가 좋다는 말은 듣질 못했다. 명예의 상징인 지방백의 저택을 손에 넣으면 다른 네 가문보다 더 앞서 나갈 수 있다고 생각했겠지."

일단 알리시아가 태어나고 자란 지방의 일이었기에 카슈반은 적당히 말을 얼버무려 준 모양이었다. 그러나 알리시아도 페이트린 5가문 사이에서 벌어지고 있는 음험한 발목잡기에 관해서는 듣고 있었다.

페이트린 5가문은 전부 하극상 풍조 덕분에 작위를 얻은 신흥 귀족으로 원래는 위세가 약간 좋은 농민 출신이었다. 그 때문일까, 5대 가문은 전부 쓸데없이 명예욕이 강했다. 자신의 가문이 진정한 영주 가문이라고 인정받을 힘을 얻고자 다른 가문을 헐뜯는 데 여념이 없었다.

"그랬지요. 특히 가장 힘이 강한 파제스 가와 서열 두 번째인 드레아 가는 정말로 사이가 나빠서…… 분명히 어느 쪽인가 가문이 다른 나라에서 주술사를 고용해 상대방 당주를 살해하려 했다는, 그런 얘기도 있었답니다!"

왠지 기쁜 듯 보이는 아내의 말을 듣고 카슈반은 쓴웃음을 지었다.

"페이트린 지방 인간은 다들 그런 얘기를 좋아하는가? 분명히 나도 네 후견인께서 그 두 가문에만은 절대로 저택을 넘기기 싫으니 너와 한 세트로 묶어서 사주지 않겠냐고 꽤 시끄럽게 굴던 걸 기억하고 있어."

"하지만 이번에 이야기를 제안해온 곳은 로벨 가잖아."

그렇게 말하는 루아크의 녹색 눈동자가 의미심장하게 반짝이기 시작했다.

"저기, 알리시아. 로벨 가는 어떤 집안이야? 페이트린 5가문 중 서열 1위도 2위도 아니라면 3위? 4위?"

"5위예요. 3위가 카틀 가, 4위가 매드리 가였죠, 분명히."

시원스럽게 말한 알리시아의 말에 루아크는 쿡쿡 웃기 시작했다.

"하하. 그런 건가! 헤에에. 1위도 2위도 아닌 5위 씨가 이런 시기에 지방백 저택을 사고 싶다고 말했다고. 과연."

알리시아가 시집오던 무렵부터 '날개의 기도' 교단은 서서히 아즈베르그 지방으로 침공하고 있었다. '날개의 기도' 교단과 손을 잡았다는 오델 지방의 영주, 지스칼드 오델 후작이 엘릭스 바스틀을 조종해 카슈반을 괴롭혔던 일은 아직도 기억에 선명했다.

의견을 촉구하는 듯한 루아크의 시선을 받고 카슈반도 빈정대듯이 입술 끄트머리를 끌어 올렸다.

"나도 이상하다고는 생각해. 원래는 이야기가 티르에게 왔었다. 일단 저 녀석이 페이트린 저택 주인이 되었으니까."

티르나드는 페이트린 지방백의 영애, 그러니까 알리시아를 돈으로 샀느냐며 미쳐 날뛴 전적이 있었다. 전 후견인인 성직자 유란을 데리고 라이센 저택을 습격한 것이 바로 올봄에 일어난 일이었다.

그 뒤, 티르나드는 알리시아의 숙부이자 후견인이었던 헤이스덤에게서 페이트린 저택을 사들였다. 그 뒤 카슈반이 티르나드의 후견인이 되었기 때문에 실질적인 권리는 카슈반이 쥐고 있었다.

"그러나 티르는 아직 후견인이 있는 상태라는 이유를 들어 대답을 보류한 뒤, 내게 상담을 해왔다. 지금은 당초 목적을 잊어버린 것 같지만, 필요하다면 두들겨 패서라도 떠올리게 하면 되니까."

잘 살펴보니 트레이스도 언쟁에 휩쓸려서 티르나드, 세이그람, 노라와 함께 네 명이서 시끄럽게 굴고 있었다. 그 광경을 힐끗 돌아본 카슈반은 중얼거렸다.

"그렇다면 로벨 가에서 제, 아아 아니죠. 페이트린 저택을 사들이고 싶다는 뜻이 담긴 편지로군요."

자신과 마찬가지로 페이트린 저택도 카슈반의 소유라는 사실을 떠올리고는 알리시아는 도중에 말을 수정했다.

"정확하게 말하면 저택을 사들이고 싶다, 상담을 좀 하고 싶으므로 로벨 가까지 와줬으면 한다는 초대장이다. 티르나드가 그 일에 관해서는 혼자서 결정할 수 없다고 대답을 보낸 뒤, 나한테 상담을 하러 왔다. 그런데 맞춘 듯이 나한테도 초대장이 도착했다는 말이지. '아즈베르그, 레이덴 쌍방의 영주 각하께. 꼭 만나고 싶습니다'고."

"어머, 페이트린에 초대받으셨나요?"

알리시아는 온건한 기후에 축복받아 어디까지고 계속되는 페이트린 지방의 초원을 떠올리고 얼굴을 환하게 밝혔지만, 다음 순간 풀이 죽었다.

"카슈반 님은 그…… 저의…… 아뇨, 페이트린 저택을 파셨나요?"

빈곤한 생활에 몸이 약해져 돌아가신 부모님이 매우 소중하게 여기던 페이트린의 저택. 가족 세 사람의 추억이 가득 어린 장소.

지방백의 이름에 집착했던 부모와 달리 알리시아는 영화의 상징으로서는 저택에 그렇게 흥미가 없었다. 팔면 상당한 금액이 되리라는 점은 알면서도 손에서 놓지 못한 까닭은 그저 돌아가신 부모님에게 의리를 지키고, 추억을 남겨놓고 싶었기 때문이다.

그러나 페이트린 저택은 이제는 카슈반의 것이다.

"그렇죠……. 제가 집을 나오고 나서 아무도 관리를 하지 않았고,

또 사람이 살지 않는 저택은 금방 황폐해지니까요. 로벨 가 분들이라면 분명히 소중하게 여겨주실 거예요. 게다가 저쪽이 꼭 팔아달라고 하니까요. 잘 낚기만 한다면 분명히 상당한 금액이."

풀이 죽은 것도 잠시, 알리시아는 재빨리 회복했다. 그런 알리시아의 작은 머리에 카슈반이 큰 손을 얹었다.

반사적으로 올려다본 알리시아의 눈을 카슈반은 물끄러미 바라보았다.

"알리시아. 솔직히 네가 소중히 여기는 저택이니까 팔고 싶지 않다."

상냥함과 가련함 같은 감정이 섞인 그 눈을 본 순간, '배가 아픈' 감각이 알리시아에게 엄습했다.

정확하게는 평평한 배 위, 간신히 기복이 있는 부분에서 좀 더 안쪽이 꾸욱 오그라드는 것 같은 이 감각은 지나치리만큼 무서울 것이 없는 알리시아를 언제나 당혹스럽게 만들었다.

"넌 때때로 말을 너무 잘 들어서 말이다. 싫으면 싫다고 언제든지 말해도 좋아. —왜 그러지?"

부드러운 목소리로 대답을 촉구하는 통에 알리시아는 빨개진 얼굴을 숨기려는 듯이 고개를 숙이고는 대답했다.

"그게…… 가능하다면…… 팔지 않아, 주셨으면 해요."

"결정됐군."

매끄러운 황갈색 머리카락을 한 번 쓰다듬더니 커다란 손은 바로 떨어졌다.

알리시아는 왠지 뭔가 부족함을 느꼈다. 그런 알리시아 곁에서 루아크가 불현듯 이런 지적을 했다.

"어라, 벌써 끝이야? 카슈반 형님. 전에는 좀 더 끈적끈적하게 머리를 쓰다듬었잖아?"

"……알리시아도 열다섯이라고는 해도 일단은 강공작부인이다. 어린아이처럼 무턱대고 머리를 쓰다듬어도 기쁘지 않겠지."

한순간 침묵한 후, 그렇게 대답한 카슈반은 손안에 든 초대장을 가볍게 튕겨 보였다.

"—이야기를 되돌리자. 이런 때에 갑자기 로벨 가가 이런 얘기를 꺼내다니 수상쩍어. 덧붙여 세이그람에게 뒤를 캐보게 시켰지만 묘하게 정보를 얻기 힘들다. 뭔가 꿍꿍이가 있는지는 알아. 하지만 이 초대장……."

묘하게 화려한 초대장에 시선을 떨어뜨린 후, 카슈반은 서로 목소리를 높이느라 완전히 지쳐버린 노라를 포함한 네 사람을 바라보았다.

"그쪽 이야기는 끝난 모양이군. 어쨌든 우선은 초대에 응한다는 뜻을 로벨 가에 전하자. 세이그람은 조사를 계속하도록. 노라와 트레이스는 나머지 고용인에게 명령해서 로벨 가에 갈 준비를 시작해라."

명령에 세이그람이 우아하게 인사를 했다.

"알았습니다, 강공작 각하. 그러시다면 저와 티르나드 님은 잠시 이곳에 머물러도 괜찮을까요?"

"어차피 그럴 생각으로 오지 않았나. 레이덴 지방 '날개의 기도' 교단의 움직임도 지금은 그렇게까지 활발하지 않으니 말이다. 다소 영지를 떠나 있어도 괜찮겠지. 또 티르도 장래를 위해서 좀 더 많은 경험을 쌓을 필요가 있어."

"페이트린의 명사와 안면을 익혀놓으면 뭔가 도움이 되기는 하겠죠. 사교는 귀족에게 가장 중요한 업무니까요. 슬슬 신부 후보도 본격적으로 찾아야 하고 말입니다."

두 사람이 아무렇지도 않게 나누는 대화 내용에 티르나드가 놀란 얼굴을 했다.

"나도 로벨 가에 데려가 주는가?!"

"그러니까 너도 그럴 생각으로 왔잖아. 장래 레이덴 가 영주로서 독립할 몸이다. 이걸 기회로 페이트린에 인맥을 만들어놓는 일은 나쁘지 않겠지. 뭐, 내 얼굴에 먹칠하지 않도록 힘껏 노력해주길 바란다, 도련님?"

마지막에는 언제나처럼 티르나드를 놀리며 끝맺었지만, 티르나드는 왠지 기합이 들어간 표정이 되었다.

"아, 알았어. 힘낼게! 맡겨두라고, 라이센. 네가 다소 무례한 발언을 해도 내가 제대로 잘 수습해줄 테니까, 아얏!"

악의만큼은 없어 보이는 피후견인에게 주먹을 선물한 후, 카슈반은 노라에게로 돌아섰다.

"그런데 노라. 세이그람은 네 방에 머물 거라던데?"

"아아아아앗! 그랬죠, 이 뚱한 음험 안경남! 카슈반 님. 부탁이니 오늘 밤 카슈반 님 방으로 피난 가는 걸 허락해주세요!"

세이그람과 거리를 벌리면서 빈틈없이 그런 말을 꺼낸 노라에게 카슈반이 고개를 끄덕였다.

"알았다, 노라. —그런 연유로 트레이스, 너, 오늘 노라 방에 가줘

야겠다."

"예. 엣?"

조건 반사적으로 대답하려던 트레이스가 다음 순간, 눈을 동그랗게 떴다.

"어머, 카슈반 님은 역시 소꿉친구인 트레이스가 노라에게 어울린다고 생각하시는군요. 노라. 저는 트레이스라도 좋아요."

"저 또한 당신이어도 상관없습니다, 트레이스. 부부가 사이좋게 강공작 부부를 모시도록 해요."

알리시아와 세이그람이 등을 떠밀면서 상황은 한층 생각지도 못한 방향으로 전개되었다. 노라가 당황하기 시작했다.

"잠깐, 뭔가요. 카슈반 님까지 그런 말씀을 하시고! 뭣보다 트레이스는 아침에도 밤에도 그저 기도만 올리는, 어지간한 성직자보다 더 깨끗한 남자라고요?!"

카슈반과는 대조적으로 트레이스는 '날개의 기도'의 경건한 신자다. 세이그람을 피하기 위한 도피처가 돼줄 수 없다고 노라는 목소리를 높였다. 그러나 노라의 예상은 완전히 빗나갔다.

"……우선 나로 해둬, 노라."

"트레이스?! 왜, 왜 그러죠? 당신만큼은 안전하다고 생각했는데……!"

"아니 그, 내게는 레이덴 백작님이나 세이그람 님처럼 작위도 없고, 루아크 같은 강함도 없어. 하지만 그…… 네 말처럼 나는 안전하니까."

무례한 노라의 표현을 진지하게 복창하며 트레이스는 힐끔 카슈반을 쳐다보았다.

"나 이외에 세 사람은 뭐, 그렇게, 결코 나쁜 사람은 아니라고 생각하지만 여러 가지로 문제…… 가 아니라, 네가 무척 고생할 것 같아서. 특히 레이덴 백작님을 고른다면 세이그람 님이 무섭…… 아니, 그게."

'그게'를 연발하면서 횡설수설 떠들던 트레이스는 세이그람이 찌릿 노려보는 가운데, 크게 숨을 들이쉬고 호흡을 가다듬었다.

"……나도 이곳에서 일하는 하녀가 험한 꼴을 당하는 걸 보기 싫어. 그러니까 우선 나를 선택해두는 것도 한 방법이라고 생각해."

최근에는 '라이센 돌 저택'이라고 불리는 이 저택은 예전에는 '하르바스트의 장미 저택'이라고 불렸다. 불길한 칭호의 유래가 된, 저택 뒤편 폐허가 된 장미 정원에는 카슈반의 어머니와 트레이스의 누나를 비롯한 많은 여자가 묻혀 있다.

과거의 비극이 있었기 때문일까, 트레이스는 노라를 진지한 눈으로 바라보았다. 그 시선에 노라는 조금 창피해했다.

"뭐, 뭔가요, 갑자기 그렇게 믿음직한 소리를 하지 말아줬음 하네요……."

"아아, 아니 오해하지 말아줘, 노라. 나는 평생 기도를 드리며 살겠다고 맹세한 몸이고, 거기다 너처럼 고집이 센 아가씨는 거북…… 아니, 그게."

"잠깐, 다 들렸다고요?!"

바로 평상시 모습으로 돌아온 트레이스에게 노라는 호통을 쳤다. 그러고는 성난 얼굴로 남편 후보 네 사람과, 카슈반까지도 노려보았다.

"정말이지 그만큼 떠들어놓고 누구 하나 나를 좋아한다고 말하지 않는군요. 상큼할 정도로 솔직해서 화가 나네요, 당신들!"

"저는 당신을 좋아해요, 노라."

"마님이 절 좋아하신다는 건 압니다!! 네네네네, 로벨 가로 가려면 준비해야 하죠?! 카슈반 님도 제가 이러헤 깔끔하게 일하는 모습을 잘 봐두시는 게 좋아요!"

될 대로 되란 식으로 말을 쏟아내고는 노라는 아름다운 빨간 머리를 휘날리며 성큼성큼 방에서 나가버렸다.

"그럼 저희도 준비하지요. 강공작 각하, 마님. 실례하겠습니다."

노라의 분노 따위 전혀 개의치 않는 기색으로 세이그람도 뭔가를 말하고 싶은 듯한 티르나드를 데리고 방에서 나가버렸다.

"카슈반 님. 저도 준비를 하겠습니다. 그리고 그, 오늘 밤은 노라의 방에는 가지 않겠습니다만, 세이그람 님의 발은 잡아보지요. …… 할 수 있는 만큼은요."

과연 노라에게 미안하다고 생각했는지, 트레이스도 아직도 입에 올리기는 거북한 세이그람의 이름을 꺼내면서 인사를 하고 퇴실했다.

"노라를 우선 다른 하녀 방으로라도 피난시킬까. 방이 남아도는 것도 생각해볼 일이군."

소란을 피울 만큼 피우고 떠난 네 사람을 배웅하고 카슈반은 쓴웃음을 지었다.

명색이 영주의 저택인 이 건물은 과거에는 고용인도 많았다. 그래서 고용인이 머무는 공간만으로도 상당한 방이 준비되어 있었다. 그러나 현재는 공작가라고는 생각할 수 없을 정도로 고용인이 적어서 평범한 하녀에 지나지 않는 노라에게도 개인실이 주어져 있었다.

"아하하하. 노라가 화났다. 노라도 카슈반 형님을 남자로서 좋아한다기보다는 돈이 목적일 텐데 말이야."

루아크가 태연한 얼굴로 늘어놓는 감상을 들으며 카슈반은 사무적인 어조로 말했다.

"알리시아. 너도 나중에 페이트린 지방의 정세를 들을 일이 있을지도 모른다. 하지만 우선은 하던 대로 지내줘. 준비가 끝나는 대로 바로 출발하겠다."

"아. 예. 알았습니다."

알리시아가 대답을 하기가 무섭게 카슈반도 바로 방을 나서려 했다.

그것을 보고 루아크가 잽싸게 카슈반을 불러 세웠다.

"잠깐만, 카슈반 형님. 모처럼 부부가 얼굴을 마주했으니까 좀 더 느긋하게 있다 가는 게 어때? 아, 그렇다. 내가 오르간을 쳐줄 테니까 두 사람이서 춤을 추는 거야!"

"어머, 루아크도 오르간을 칠 줄 알아요?"

의외라고 생각한 알리시아가 되묻자 루아크는 고개를 끄덕여 보였다.

"임무의 일환으로 악단에 숨어들어 가려고 조금 배운 적이 있어.

형님, 최근에 바빠서 알리시아와 둘이 지낼 시간도 거의 없었잖아? 그러니까 가끔씩 좀 같이 있어 주어도 괜찮잖아."

"미안하지만 지금은 그럴 시간이 없어. 내 이야기는 끝났다. 용건이 없다면 가겠어."

퉁명스럽게 거절하는 말을 듣고 알리시아는 저도 모르게 표정을 흐렸다.

"아아…… 알리시아, 그런 얼굴 하지 마라. 너와 같이 있기 싫다는 말이 아니야."

그러기 무섭게 카슈반이 눈에 보이게 당황하기 시작했다. 그래서 알리시아도 서둘러 웃는 얼굴을 만들어 보였다.

"아뇨, 괜찮습니다. 카슈반 님은 바쁘신 분이시니까요. 다음에 기회가 있다면."

"……미안하지만 당분간은 그럴 수 없다고 생각해줘."

이럴 때 예의상 하는 말조차도 카슈반은 받아들이기 망설이는 기색을 보이면서 내쳐버렸다.

알리시아도 더는 아무 말도 하지 않았다. 말을 끊고 고개를 숙였다.

"정말로 미안하다. 무엇으로 대신하면 좋을까……. 그래, 알리시아. 뭔가 갖고 싶은 물건은 없나?"

갑자기 그런 말을 들어서 알리시아는 눈을 동그랗게 떴다.

"음, 아뇨. 저는 지금 생활에 대단히 만족하는걸요. 이 이상 뭔가를 받을 수는 없어요. 거기에 저, 처음 받은 수호석도 던져서 깨버렸는걸요."

"……그랬지. 너는 주어진 것에 언제나 만족할 줄 아는 녀석이었지."

카슈반이 또 한없이 상냥한, 그러면서도 어딘가 슬퍼 보이는 얼굴을 했다.

잠자코 두 사람을 지켜보던 루아크가 작게 한숨을 내쉬었다.

"저기, 그런데 나도 당연히 로벨 가에 데려가 줄 거지?"

카슈반도 이번 화제 전환에는 거스르지 않고 따라왔다.

"오지 말라고 해도 멋대로 따라올 거잖아, 사신. 미안하지만 이번에는 상대방이 어떻게 나올지 파악할 때까지는 겉으로 드러나는 행동은 삼가야겠다. 그래도 좋다면 써먹어 줄 테니 따라와라."

"응. 팔이 부러져도 다리가 떨어져 나가도 이제 필요 없으니까 어디론가 가버리라는 말을 들어도, 나는 당신들 두 사람한테 헌신할 거야. 그게 내가 아는, 좋아하는 사람을 대하는 방법이니까."

아무렇지도 않은 얼굴로 대답한 루아크를 보고 한순간, 카슈반은 할 말을 잃었다.

그러나 한마디 '그랬었지'라고만 중얼거리고는 그대로 방에서 나가버렸다.

"카슈반 님, 역시 오르간 소리가 싫으신 걸까요."

또다시 루아크와 둘만 남은 실내에서 알리시아가 그렇게 중얼거렸다.

"그것만이 아닌 듯하지만. 뭐랄까, 알리시아가 납치당하고 바스틀 가 저택에서 돌아오고 난 후부터 상태가 좀 이상해, 카슈반 형님. ……인간이란 죄책감을 느끼면 묘하게 상냥해지는 법이지만, 너무 신경을 써주어서 오히려 실패하고 있는걸."

"죄책감?"

의아하게 생각한 알리시아가 되물어도 루아크는 수수께끼 같은 미소를 띨 뿐이었다.

'상대가 안 좋아'라느니 누구누구 왈이라느니 의미심장한 말을 중얼대는 루아크의 눈을 들여다보며 알리시아는 문득 머릿속에 떠오른 점을 입에 올렸다.

"저기, 루아크. 조금 전 이야기 말인데요, 나는 루아크의 팔이나 다리가 떨어져 나가면 싫어요. 또 어딘가로 가버리라고도 말하지 않을 거고요. 우리가 준 수호석을 잊어버리지 말고 몸에 지니면서 또 다리가 부러지지 않도록 조심해요."

"아하하하. 알리시아는 어떻게 해서든 내 다리가 부러졌었다고 하고 싶은 모양이네."

그렇게 말하는 루아크의 웃는 얼굴은 매우 순수했다.

"하지만 고마워. 에헤헤. 나 알리시아가 무지 좋아!"

"예. 저도 좋아해요. 루아크."

순수하고 솔직하게 웃으며 대답한 알리시아를 보고 루아크는 이번에는 어른스러운 미소를 띠었다.

"—내가 좋아한다고 말하면 좋아한다는 말을 되돌려주는 사람을 좋아한 적은 처음이야, 나. 두 사람은 잘해나갔으면 좋겠는데……."

"루아크?"

"아무것도 아니야. 아버지랑 어머니 사이가 미묘하면 자식은 걱정이 된다는 소리지. 서로에게 마음이 있어도 두 사람 사이가 항상 잘 되진 않으니 참 어려워. 저기, 그거보다 또 한 곡 쳐줘, 알리시아. 아, 맞다. 차라리 나랑 연탄 할까?"

다시 밝은 표정이 된 루아크는 들뜬 목소리로 그렇게 제안했다.

실딘 왕국의 중앙부. 남북으로 길게 뻗은 페이트린 지방은 이미 한여름에 들어서 눈 부신 태양 빛으로 가득 차 있었다. 한낮이 조금 지난 시각이라는 점도 있어서, 강렬한 햇빛이 모든 존재의 그림자를 뚜렷하게 지면에 새겨 넣고 있었다.

"더운 걸."

다소 예의에 어긋나게 목깃을 살짝 풀면서 말한 사람은 마차에서 창문 밖 풍경을 흥미롭게 지켜보던 카슈반이었다.

1년 내내 한랭한 아즈베르그에서 태어나고 자란 카슈반에게는 페이트린 지방의 경치도, 기후도 상당히 보기 힘든 것이리라. 지평선 저 너머까지 이어지는 푸릇푸릇한 초원이 부드러운 바람에 일제히 나부끼는 모습을 질리지도 않고 바라보고 있었다.

"거기다 밝아. 전망도 무서울 정도로 좋군. 숲이 없는 것도 아닌데, 나무 높이가 다른가. ……살기는 편하겠지만, 공격하긴 쉽고 지키기는 어려운 지형이로군."

한순간 카슈반의 눈이 날카롭게 빛났다.

"그렇답니다. 저도 처음 아즈베르그에 갔을 때는 토지에 기복이 심하고 나무가 하늘을 가리고 있는 듯한 광경에 가슴이 두근거렸답니다."

남편 곁에 앉은 알리시아는 똑같이 창밖을 바라보며 천진난만하게 들뜬 목소리를 냈다.

루아크가 조르는 대로 오르간을 치거나, 세이그람의 발을 잡으려고 카드 게임을 제안했다가 참패한 트레이스를 위로하는 사이, 순식간에 며칠이 지났다. 이전에 디네로 저택을 방문했을 때와 비교하면 준비하는데 시간이 무척 오래 걸렸지만, 그럭저럭 늦지 않게 저택을 떠나 출발할 수 있었다. 오늘로 저택을 떠난 지 5일째였다.

라이센 가 일행을 태운 마차는 이미 페이트린 지방 중앙부에 있는 평원에 들어서고 있었다. 페이트린에서도 특히 기후가 온난하고 수원(水原)이 풍부한 이 부근은 알리시아의 페이트린 가를 비롯해 많은 귀족이 저택을 두고 있었다.

"그런데 이곳 하늘은 무척 파랗군. 이런 토지에 살고 있었다면 아즈베르그 지방의 음험함조차 오히려 신선하게 보일지도 모르겠어……."

혼잣말을 하는 카슈반의 손가락이 뻗어와 알리시아의 머리카락에 닿았다.

움찔한 알리시아는 의미도 없이 주위를 둘러보았다. 하지만 이번에는 짐이 너무 많아서 마차가 세 대나 필요했을 정도였다. 다른 사람들은 각각 다른 마차에 나눠 타고 있었다. 항상 알리시아 주변에서 어슬렁거리는 루아크조차도 '이번에는 함부로 얼굴을 내밀지 말라는 말을 들었거든'이라고 말하면서, 표면적으로는 짐 마차로 마련한 마차에 몰래 올라타서 동행하고 있었다.

"저, 카슈반 님……."

작은 목소리로 불러보았지만 카슈반은 어지간히 페이트린의 경치가 마음에 든 모양이었다. 시선이 계속 창밖에 고정되어 있었다. 하지만 손가락은 한결같이 알리시아의 머리카락을 계속 쓰다듬고 있었다.

뺨이 붉어지는 걸 느끼면서 알리시아는 남편이 하고 싶은 대로 계속 머리를 쓰다듬게 놔두었다.

루아크도 말했지만, 엘릭스 바스틀 사건 이래로 카슈반의 태도가 바뀌었음을 알리시아도 어렴풋이 느끼고 있었다.

특별히 차갑게 대하는 건 아니었다. 오히려 그 반대로 카슈반은 이전처럼 짓궂은 장난을 걸지도 않고 그저 한결같이 알리시아에게 상냥하게 대했다.

단, 얼굴을 마주하고 있을 때 이야기다. 축제 준비니 뭐니 카슈반은 매일같이 영지 내를 돌아다니고 있었다. 그래서 요즘에는 시집왔던 때보다도 얼굴을 못 보는 날이 늘어났다.

그때와 비교하면 알리시아에게는 대화 상대를 해줄 사람이 잔뜩 있었다. 최근에는 레이덴 주종도 동석해줘서 식사 자리는 지나칠 정도로 떠들썩했다.

그러나 그만큼 남편의 공백이 무척이나 크게 느껴지는 것도 사실이었다.

사치를 부리거나 제멋대로 굴 수 있는 처지가 아니라는 사실은 잘 알고 있었다. 카슈반은 지금도 물론 '이상적인 서방님'이었고, 알리시아는 언제나 그에게 감사하고 있었다.

"이상해…… 나, 어떻게 된 걸까……. 어머? 저건 뭘까?"

무심하게 카슈반과 같은 방향을 보던 알리시아는 바람에 휘날리는 초원 건너편에 서 있는 낯선 것을 발견하고 놀란 목소리를 냈다.

"응? 아아, 미안하다. 왜 그러지? 알리시아."

상념에 잠겨 있던 카슈반도 아내의 목소리에 정신을 차리고, 이어서 황갈색 머리카락을 쓰다듬던 손가락을 거둬들였다. 아무래도 본인은 알리시아의 머리카락을 쓰다듬고 있다고 의식하지 못한 듯했다.

"음, 그러니까 저 저택은 어느 분 저택이죠?"

"어느 분이라니, 로벨 가 아닌가? 지도상으로는 이 부근인 듯한데."

의외라는 듯이 카슈반이 되묻는 소리를 들으며, 알리시아는 다시 한번 초원 건너편 저택에 시선을 주었다. 밝은 햇살을 튕겨내는 하얗고 빛나는 거대한 저택.

"하지만 왠지 전에 봤을 때보다 상당히 큰데요……. 건물 수도 늘어났고요……. 이상해요. 저, 안경 제대로 쓰고 있죠?"

"……안경을 쓰고 있어도 네 시력은 믿을 수가 없어. 뭐, 이 정도로 밝으면 잘못 볼 리가 없겠지만."

몇 번인가 기둥으로 착각했던 일을 마음에 담아 둔 카슈반이 중얼거렸다. 알리시아는 물끄러미 창밖을 보았다.

루아크에게 설명했듯이 로벨 가는 페이트린 5가문 중에서도 서열 5위. 원래부터가 신흥 귀족뿐인 페이트린 5가문은 전부 이렇다 할 재력이 없었다. 그중에서도 제일 밑바닥이라고 한다면 저택 규모도 뻔했다.

그런데 지금 알리시아의 눈에 비친 로벨 가 저택은 알리시아의 생가인 페이트린 저택과 동격 혹은 그 이상으로 보였다.

"……흥, 거기다 우리 이외에도 손님이 많이 와 있는 모양인데."

카슈반은 차츰 가까워지는 목적지를 바라보며 험악한 표정으로 중얼거렸다.

로벨 가로 추정되는 저택을 향해 몇 대나 되는 마차가 나아가는 광경이 보였다. 마차마다 전부 가문의 문장이 화려하게 곁들여져 있었다. 그러고 보니 지금 타고 있는 마차도 그렇다는 사실을 알리시아는 새삼스럽게 깨달았다.

본 적도 없을 만큼 많은 마차가 시야를 꽉 채우고 있었고, 화려하게 차려입은 시종들이 그사이를 바쁘게 돌아다니고 있었다. 시종의 안내를 받아 각자 화려한 드레스와 신사복으로 몸을 치장한 귀부인과 신사들이 느긋한 걸음걸이로 호화로운 저택 바깥 계단을 올라갔다.

"어머, 부자들이 잔뜩 와 있네요!"

라이센 일행이 탄 마차는 내내 소박한 초원을 배경으로 삼다가 일변했다. 매우 화려한 로벨 가 안쪽에 있는, 마차를 세워두는 장소를 배경으로 서 있었다. 마차 안에서 알리시아는 흥분한 목소리를 냈다.

전망이 좋은 탓에 로벨 가는 가까운 곳에 있는 듯이 보였다. 하지만 정작 도착할 때까지는 상당히 시간이 걸렸다. 램프에 불을 켠 마차는 아직 많지 않았지만 햇살은 점점 기세를 잃고 있었다. 그 속에서 신사 숙녀 무리가 앞으로 나아가는 광경은 꿈속 풍경처럼 아름다우면서도 어딘가 현실에서 벗어난 듯이 보였다.

"대단하네요, 저분이 지닌 보석. 저건, 그래요. 4백만 제달쯤 하려나요! 아아, 저게 있다면 페이트린 저택에 비 새는 곳을 완전히 수복할 수 있을 텐데……."

알리시아는 저택을 파는 걸 전제로 했으면서도 다른 사람을 부러워하고 있었다. 그런 알리시아에게는 아랑곳하지 않고, 카슈반은 팔짱을 낀 채 생각에 잠겨 있었다.

"알리시아. 이 상황을 어떻게 생각하지?"

"페이트린에도 의외로 부자가 있었네요. 저, 이런 모임에 초대받기는 무척 오랜만이에요. 왠지 공기에서도 돈 냄새가 나는 것 같아요……."

살짝 지나치게 황홀해 하는 알리시아를 보고 카슈반은 한숨을 내쉬었다.

"……그게 아니라. 이 녀석들이 전원, 소유하는 저택을 팔라는 말을 듣고 초대받진 않았겠지. 무엇보다 다른 지방에서 온 녀석들도 상당히 섞여 있어."

그때 마차 문이 열리고, 주위 시선을 신경 쓰면서 트레이스가 얼굴을 내밀었다.

"카슈반 님, 그게…… 이건 역시……."

"아아. 무도회다. 어떻게 생각해도."

몹시 불쾌하다는 얼굴을 하는 카슈반이 입에 올린 단어에, 알리시아는 어머! 하고 한층 기쁜 목소리를 냈다.

"무도회!! 부자가 부자를 초대해서 부자와 부자가 춤을 추는 그 무도회 말인가요!! 정말 멋져요!"

"……그렇겠지. 그리고 저택 주인은 우리에게 그 부자들을 즐겁게 해줄 어릿광대 역을 기대하는 모양이지만."

그렇게 말하고 카슈반은 히죽 무척 성격이 나빠 보이는 미소를 띠었다.

"그럼 가볼까. 현시점에서 마차는 합격점일 테지. 다음은 의상이로군. 트레이스. 강공작 부부는 먼 곳에서 걸음을 한 탓에 여행용 복장을 갈아입을 필요가 있다고, 이 근처에 있는 녀석에게 전해둬라."

어느 정도 사전에 협의를 해두었을까, 인사를 한 트레이스는 재빨리 근처에 있던 로벨 가 시종 한 명을 붙잡으러 갔다.

"옷을 갈아입나요? 어머. 하지만 저, 무도회에 입고 나갈 만한 의상은 가지지 않았는데요."

"준비해뒀다. 걱정하지 마. 재봉사로서 노라의 실력은 확실하니까. 자, 가자."

이것도 이미 예상했던 일인 모양이었다. 카슈반은 시원스럽게 말하고는 아무렇지도 않게 알리시아에게 손을 빌려줘서 마차에서 내리는 걸 도와주었다.

결국 트레이스가 방을 빌리지 못해 카슈반이 나서서 강제로 방을 빌렸다. 그렇게 빌린 로벨 가 저택 1층 빈방에서 알리시아는 새 드레스로 갈아입었다.

"내장재도 멋있네요. 이런 빈방마저도 돈 냄새가 풀풀……."

"마님, 움직이지 말아주세요. 손이 미끄러져도 전 모릅니다."

한 손에 바늘을 든 노라가 돈 얘기를 멈추지 않는 알리시아의 드레스를 재조정하면서 차가운 목소리를 냈다. 노라도 일이 이렇게 전개될 가능성이 있다고 카슈반에게 미리 언질을 들은 모양이었다. 가난뱅이 기질을 내보이는 마님을 야단치면서도 바늘을 움직이는 움직임에는 망설임이 없었다.

"아아. 미안해요, 노라. 그런데 이런 드레스를 언제 만들었어요? 그러고 보니 신부 의상도 노라가 고쳐줬었죠. 대단해요."

"별로 대단한 일은 아닙니다……. 저택에 있던 어느 분의 드레스를 마님의 체형에 맞게 조금 손을 보았을 뿐이죠. 호호. 튀어나온 부분을 줄였을 뿐, 천을 덧댈 필요가 없어서 무척 손쉬운 일이었어요!"

비아냥거리기를 잊지 않으면서도 노라는 재빨리 옷을 입혀주었다. 마지막으로 옷을 갈아입은 알리시아의 모습을 확인한 노라는 살짝 분하다는 표정을 지었다.

"……흥, 역시 여자는 의상과 화장으로 인상이 상당히 변하네요. ……아무리 무도회라지만 너무 실력 발휘를 했나 봐요."

그러나 시간이 별로 없기도 해서 노라는 떫은 얼굴로 알리시아를 카슈반에게 데려갔다.

별실에서 한발 앞서 옷을 다 갈아입은 카슈반은 검은 바탕에 군데군데 금색 자수가 들어간 예장으로 빈틈없이 꾸미고 있었다. 상하 전부 새카만 여느 때 복장과 색채는 크게 달라지지 않았으나, 키가 크고 체격이 좋은 그는 예장도 잘 어울렸다.

"어머. 카슈반 님, 멋있으세요. 좀 더 부자라는 느낌이네요."

미묘한 칭찬을 중얼거리며 졸랑졸랑 걸어온 알리시아를 알아차리고 카슈반이 돌아보았다.

"카슈반 님, 저도 준비가 끝났답니다."

가까이 다가온 알리시아를 인식하기가 무섭게 카슈반은 놀란 얼굴이었다. 옆에 있던 트레이스도 마찬가지로 눈을 껌벅이고 있었다.

"……어떻게 된 거냐, 알리시아."

"어머나, 어딘가 이상한가요?"

그 말을 듣고 알리시아는 희한한 듯이 자신의 모습을 살펴보았다.

노라가 저택에 있던 누군가의 의상—아마도 레디오르 하르바스트에게 살해당한 가련한 귀부인의 소지품이리라—을 다시 고친 드레스는 하얀색과 복숭아색을 기조로 한 가련한 느낌이 드는 드레스였다.

치마 부분에는 아낌없이 섬세한 레이스와 무수한 작은 꽃 모양 장식이 달려있었다. 과거나 지금이나 변함없이 장식이 많은 귀족 의상의 특징을 그대로 계승하는 형태였다. 마찬가지로 몇 겹이나 겹쳐진 페티코트로 치마 전체도 크게 부풀어 올라 있었다.

그에 비해 상반신에는 장식이 적어 매우 말쑥한 느낌을 주어서 시대에 뒤처졌다는 느낌은 들지 않았다. 원래부터 알리시아의 가슴은 매우 말쑥했지만, 하반신에 시선이 가는 디자인 덕분에 오히려 전체적으로 귀여워 보였다.

덧붙여 머리를 틀어 올린 덕분에 넓게 벌어진 목둘레선 사이로 가냘픈 어깨와 목덜미로 이어지는 매끄러운 선이 두드러져 보였다. 평상시에는 화장기가 전혀 없었던 어려 보이는 얼굴도 살짝 화장하자 청초한 매력이 돋보였다.

"아니, 특별히 이상하지 않아. 이상하기는커녕…… 아니다."

"정말 귀엽습니다, 알리시아 님."

일단 알리시아에게서 눈을 돌린 카슈반에 이어 트레이스가 저도 모르게 튀어나왔다는 느낌으로 말했다.

그러기 무섭게 주인이 찌릿 노려보는 통에 트레이스는 당황해서 입을 다물었다. 왠지 재미없다는 듯이 카슈반은 다시 한번 아내에게로 시선을 돌렸다.

"……가슴 부분이 너무 벌어진 게 아닌가? 뭐랄까, 뭔가 보일 것 같다."

쓸데없는 걱정을 하는 말을 듣고 노라가 어처구니없다는 표정을 지었다.

"있지도 않는 건 보이지도 않아요. 야회복이란 대개 이렇습니다. 대체 뭐냐고요. 카슈반 님이 나름대로 유행에 맞는 드레스로 하라고 말씀하셨잖아요."

"어머, 카슈반 님은 이런 드레스를 좋아하시는군요."

드레스 자락을 살짝 잡고 알리시아는 생긋 웃어 보였다.

"그렇다면 저, 저택에 돌아간 후에도 이 드레스를 입을까요?"

천진난만한 말에 카슈반은 일순 침묵했다가, 휙 알리시아에게서 시선을 돌렸다.

"……그러고 싶다면 상관없지만, 그런 드레스를 아즈베르그에서 입으면 매우 추울 거야. 그건 그렇고 티르가 늦는군. 녀석은 대체 뭘 하고 있지?"

차가울 정도는 아니었지만 무척 쌀쌀맞은 어조로 카슈반은 화제를 바꾸었다.

알리시아는 괜한 기대를 했다가 헛물켰다는 느낌이 들기는 했지만, 원래 그런 데에 별로 신경 쓰지 않는 성격이었다. 거기에 티르나드가 옷을 갈아입느라 시간을 꽤 많이 잡아먹고 있는 점도 사실이었다.

"레이덴 백작님이 옷 갈아입으시는 걸 세이그람이 돕고 있죠?"

"그럴 거다. 티르 녀석, 여기까지 와서 옛 상처를 보이기 싫으니 어쩌니 시끄럽게 굴진 않겠지. 세이그람에게 보이는 정도는 이제 익숙해지면 좋을 텐데."

티르나드의 피부에는 유란 이전 후견인 사이를 전전할 때, 괴롭힘을 당하며 새겨진 흉터가 남아 있다.

그때, '적당히 좀 하세요!'라는 세이그람의 질타가 들려왔다.

"당당하면 문제없습니다. 저도 그 말을 듣고 겨우 알아차렸을 정도입니다. 다른 사람들이 금방 알아차릴 만한 일도 아니잖습니까?"

"아무도 몰라도 난 안단 말이다! 싫다니까, 세이그람. 붙잡지 마! 옷에 주름이 생기잖아!!"

세이그람은 바락바락 소리를 지르는 티르나드의 팔을 잡고 강제로 끌고 왔다.

"죄송합니다, 강공작 각하. 시간이 좀 걸렸습니다."

"그거야 상관없지만, 티르는 뭐 때문에 아우성치는 건가?"

"대단한 일도 아닙니다. 의상이 약간 크다는 이유 때문입니다."

세이그람이 안경을 밀어 올리며 말했다. 그 말을 들은 알리시아는 오만상을 찡그리고 있는 티르나드를 바라보았다.

남자의 예장은 여자의 야회복보다는 종류가 적다. 때문에 카슈반도 티르나드도 매우 비슷한 차림을 하고 있었다. 그럼에도 두 사람의 개성 차이는 오히려 훨씬 더 두드러졌다. 단, 알리시아에게는 개성의 차이는 느껴져도, 각각 의상의 차이점은 느껴지지 않았다.

"그런가요? 매우 잘 어울리는데요. 평상시보다 훨씬 부자라는 느낌이에요."

"전혀 어울리지 않습니다……. 이런, 몸에도 맞지 않는 옷…… 싫어. 창피하다고."

세이그람의 그림자에 숨어 상의 소매를 신경질적인 동작으로 만지작거리며 티르나드는 한층 더 투덜거렸다.

그러나 알리시아와 마찬가지로 카슈반도, 트레이스도 티르나드가 왜 이 의상을 싫어하는지 이해할 수 없었다. 또 여느 때처럼 떼를 쓰나. 다들 그렇게 말하고 싶은 눈으로 바라보자 티르나드는 한층 더 완고하게 표정을 굳혔다.

분위기가 험악해질 무렵, 그때까지 잠자코 있던 노라가 입을 열었다.

"말씀을 듣고 보니 분명히 약간 크긴 하네요. 옷감은 좋지만 어깨 폭이 맞지 않는 것 같아요. 바지 길이도 그렇고요. 혹시 이 옷은 레이덴 백작님 아버님 것인가요?"

티르나드는 무척 의외라는 얼굴로 고개를 끄덕였다.

"그런데…… 용케 알았네."

"자랑은 아니지만 전 재봉사로서 한 솜씨 한답니다. 카슈반 님 의상도 대부분 제가 만들고 있어요."

풍만한 가슴을 쭉 펴고 노라가 득의양양하게 대답하는 말을 듣고 티르나드는 세이그람에게 대들었다.

"봐라, 노라도 알아차렸잖아! 몸에 맞지 않는 옷을 입고 사교장에 나가다니 지방백의 수치다! 세이그람. 넌 항상 나보고 레이덴 백작답게 굴라고 하면서 왜 이런 때는 참으라는 거냐!"

"눈에 보일 정도로 몸에 맞지 않았다면 누구보다도 제가 사교장에 나가는 걸 허락하지 않았을 겁니다. 허용 범위이니 괜찮다고 말씀드렸을 뿐입니다. 무엇보다 티르나드 님도 여기서 옷을 갈아입은 후에야 알아차리지 않으셨습니까?"

웃음기 하나 없는 얼굴로 세이그람이 되받아치는 말에 카슈반도 동의를 표시했다.

"나도 그렇게 생각한다. 노라는 알아차렸지만 솔직히 나는 아직도 네 의상의 어디가 이상한지 전혀 모르겠어."

노라와는 반대로 카슈반은 딱 잘라 단언했다.

"그보다 다른 초대객 모습이 보이지 않기 시작했다. 전부 2층으로 올라갔겠지. 늦으면 그만큼 쓸데없이 사람 눈을 끈다."

이제 이 화제는 끝이라고 말하듯이 카슈반은 티르나드의 팔을 잡고 발걸음을 옮기려 했다.

"싫다! 너만 있으면 얘기는 통하잖아?! 나는 몸이 안 좋다는 말이라도 해서……!"

"도련님. 내 얼굴에 먹칠을 할 셈이냐? 이번 이야기는 너한테 먼저 전해졌다고. 옷 어깨 폭이 맞지 않는 정도로 여기까지 와서 우물쭈물하지 마."

"어깨 폭만이 아니야, 바지 길이도 안 맞다고! 남자 의상은 크게 다르지 않으니까. 체격에 맞지 않으면 기성복을 입는 가문이라고 바로 생, 이봐, 싫다니까!!"

눈썹을 모으고 말을 내뱉은 카슈반은 티르나드를 끌고 가려고 했다. 그런 카슈반에게 끌려가지 않으려고 티르나드는 필사적이 되어 버티고 섰다. 어지간히 가기 싫은 모양이었다. 평상시라면 벌써 기력이 다해 백기를 올렸을 터인데도, 지금은 얼굴을 빨갛게 물들인 채 끈질기게 버티고 있었다.

보다 못한 세이그람이 채찍을 꺼내 들려고 한 순간이었다. 알리시아와 트레이스가 억지로 티르나드를 끌고 가려는 카슈반을 막으려는데, 노라가 들으라는 듯이 한숨을 쉬었다.

"……아, 진짜. 알았습니다. 레이덴 백작님, 이쪽으로. 제가 고쳐드릴게요."

"앗…… 어? ……네가? 내 옷을……?"

생각지도 못한 말에 놀란 티르나드에게 노라는 흥 소리를 내며 턱을 치켜들고 말했다.

"어지간히 눈썰미가 좋은 사람이 아니면 알아차리지 못할 거라고 생각하지만, 필요 이상으로 신경을 쓰면서 이상한 행동을 하면 카슈반 님이 창피를 당하실 테니까요. 살짝 접어 고정하는 정도는 금방 할 수 있기도 하고요. 카슈반 님, 시간을 좀 주실 수 있으신가요?"

"상관없다만……."

"어머, 노라. 역시 레이덴 백작님을 좋아하는군요."

"그러니까 아니라고 말씀드렸잖아요?!"

절묘한 타이밍에 치고 들어온 알리시아의 혼잣말에 노라는 눈을 치켜뜨고는 소리쳤다.

한편, 분개하는 노라를 보는 티르나드의 눈에는 지금까지는 볼 수 없었던 순수한 고마움과 길이길이 고마워할 정도로 감사하는 빛이 어려 있었다.

"노라, 고…… 고마, 우읍."

머뭇거리며 감사의 뜻을 말로 전하려는 티르나드의 입을 세이그람이 한 손으로 막았다.

"좋습니다. 티르나드 님, 어디 한번 이 암고양이의 솜씨를 볼까요."

읍읍거리는 티르나드를 억누른 채, 세이그람은 오만한 동작으로 노라를 바라보았다.

"나도 동석하겠다. 바짓단을 접는다는 대의명분을 들어 티르나드 님의 정조를 노려서는 곤란하니까 말이야."

"걱정하지 않아도 바짓단은 옷을 입은 채로 접어 꿰맬 수 있어요! 그것보다 세이그람. 당신 입부터 먼저 꿰매줄까요?"

세이그람의 말에 발끈하면서도 노라는 티르나드와 그 시종을 조금 전, 알리시아의 옷매무시를 가다듬어준 방으로 데리고 갔다.

별로 오래 걸리지 않고 돌아온 티르나드의 의상이 어디가 바뀌었는지 역시 알리시아는 알 수가 없었다.

그러나 티르나드의 표정은 눈에 보이게 밝아져 있었다. 2층 무도회장으로 라이센 강공작 부부를 솔선해 안내할 정도였다.

"저기, 카슈반 님. 저희는 로벨 가에서 저희 저택을 사고 싶어 한다는 이야기 때문에 여기에 초대된 거죠? 처음부터 무도회에 초대됐었나요?"

접수처에 초대장을 내는 티르나드 뒤에서 알리시아는 새삼스럽게 그런 질문을 했다.

초대받은 쪽 고용인은 무도회에 입장할 수 없었기 때문에 트레이스와 노라, 세이그람의 모습은 보이지 않았다. 루아크는 물론 형태도 그림자도 찾아볼 수 없었다.

"상세한 얘기는 무도회에서 하자는 뜻이겠지. 그 정도는 호화로운 초대장과 뭔가 속뜻이 있어 보이는 문구를 보면 아무리 시골뜨기 벼락출세한 영주라도 알 수 있다. 그렇다는 의미겠지."

그렇게 중얼거리는 카슈반의 목소리에는 빈정거리는 기색이 가득했다.

"무도회에 초대되었을지도 모른다고 생각하셔서 그렇게 많은 짐을 준비하셨군요."

"그래."

티르나드에게서 초대장을 받아 든 로벨 가 하인이 주위와 뭔가 눈빛을 교환했다. 그것을 보며 카슈반은 알리시아를 끌어당겼다.

최근에는 그런 일이 별로 없었던지라 알리시아는 가슴이 살짝 두근거렸다. 알리시아의 귓가에 카슈반이 작은 목소리로 속삭였다.

"로벨 가 인간은 네게 들은 이야기나 세이그람에게 조사시킨 바로는 그렇게 이상한 짓을 할 만한 녀석은 아닌 것 같다. 이상한 짓을 먼저 앞장서서 할 만한 인물도 없는 것 같고. 하지만 아무래도 상당히 강력한 후원자가 있는 듯이 보여."

지방백의 저택으로도 오인할 수 있을 듯한 거대한 저택. 내장도 멋지고 구조도 호화로운 걸 볼 때, 분명히 알리시아가 아는 로벨 가 재력으로는 손에 넣을 수 있는 저택이 아니었다.

"무슨 일이 있을지 모른다. 루아크도 이렇게 사람 눈이 많은 곳에서는 함부로 모습을 나타낼 수 없을 거야. 나한테서 떨어지지 마라, 알리시아."

"예…… 예."

알리시아는 어깨를 안은 카슈반의 손가락을 의식하면서 똑같은 충고를 들었다.

부부는 단숨에 긴장한 모습의 티르나드와 함께 빛과 떠들썩한 소리로 가득 찬 큰 홀에 발을 들여놓았다.

[제2장] 비극의 여주인공

커다란 샹들리에가 몇 개나 늘어뜨려진 무도회장은 새 건물 냄새, 요리와 술 냄새, 그리고 귀부인들의 화장품과 향수 냄새가 뒤섞인 복잡한 냄새로 가득 차 있었다.

거기에 자리에 모인 사람들에게서 뿜어져 나오는 허영심과 야심의 열기가 뒤섞여 참을 수가 없었다. 회장 안에 한 발자국 들여놓기가 무섭게 카슈반은 눈썹을 찡그렸다.

"마차로 5일이나 걸리는 곳에서 초대받은 사람은 우리 정도밖에 없나. 벌써 해가 지는데 다들 기운차 보이는 것이 오후 늦게 일어난 인간밖에 없다는, 그런 뜻이 되는군."

벌써 싫증 난 얼굴을 한 남편과 반대로 알리시아는 눈동자를 반짝반짝 빛내고 있었다.

"저분은 그러네요. 걸치고 있는 걸 전부 합치면 600만 제달쯤 되려나요. 그리고 저분은…… 700만 제달은 너무 비싸요. 거기다 이 넓은 회장에 많은 하인, 요리, 장식…… 아무리 적게 잡아도 5000만 제달은 되겠어요."

"……알리시아, 기분은 이해하지만 너무 노골적으로 감평하고 있잖아. 조금은 삼가."

역시 좀 난처하다고 생각했는지 카슈반은 작은 목소리로 아내를 타일렀다.

"아…… 실례였을까요. 대단한 사람들이 모여 있네요."

이런 장소에는 가장 익숙한 것 같은 티르나드마저도 흥분을 감추지 못하는 어조로 중얼거렸다.

"알리시아 님이 말씀하시는 대로 귀부인들이 오늘 이 자리에 거는 열정이 다른 때와는 완전히 다르군요. 뭣보다 모인 사람들 얼굴이…… 마치 왕궁 무도회를 보는 것 같습니까. 한 지방을 분할 통치하고 있는 어중간한 가문에 모일 사람들이라고는 생각할 수 없어요."

티르나드가 말하는 대로였다. 왕가의 문장을 집어넣은 훈장을 매단 명사의 모습조차도 여기저기서 볼 수 있었다.

이래저래 하는 사이에, 그때까지는 무난한 곡을 연주하던 악단이 돌연 높은 팡파르를 울렸다.

오늘 무도회의 주최자, 로벨 가 당주가 등장한 걸 신호로 알리시아 일행을 포함한 회장 안 사람들의 시선이 큰 홀의 정면으로 향했다.

"어머. 로벨 가 분들, 금발이셨던가요?"

알리시아가 신기하다는 듯이 중얼거린 것은 귀부인의 손을 잡고 당당하게 걷는 청년의 머리카락이 멋진 금발이었기 때문이다.

부인 역시 똑같이 금발을 갖고 있었다. 어딘가 나른한 분위기를 띠긴 했지만 상당한 미녀임은 틀림없었다. 그러나 남편의 미모가 너무 압도적이라 그런지 그 미모에 가려지는 것 같았다.

청년의 연령은 20대 후반 정도로 보였다. 하얀 피부에, 서늘하고 맑은 푸른 눈동자. 오뚝한 콧날에 균형 잡힌 장신의 체구. 한군데 흠잡을 데가 없다는 말은 바로 이런 사람에게 써야 하리라.

백과 청을 기조로 한, 조금 케케묵은 형태의 화려한 귀족 복장조차도 그의 고귀한 아름다움을 돋보이게 할 정도였다. 어딘가 삽화에서 본 왕자님 같아. 알리시아는 그렇게 생각했다.

덕분에 뒤를 따르는 수수한 청년과 소녀 쪽은 가려지는 것을 넘어서 초대객 중 그 누구도 시선을 안 주겠구나, 그렇게 생각할 정도였다. 그러나 적어도 소녀 쪽은 앞에서 걷는 미청년을 한결같이 바라보고 있었기 때문에, 자신이 어떻게 평가를 받는지를 전혀 신경 쓰는 기색이 없어 보였다.

"덧붙여 왠지 젊어지신 것 같은 느낌이…… 어머, 원래부터 저렇게 머리숱이 풍성하고 배가 홀쭉하셨던가요? 키도…… 읍읍."

금발 미청년의 박력 넘치는 미모에 삼켜진 듯, 쥐 죽은 듯이 조용해진 실내에 알리시아의 목소리는 지나칠 정도로 잘 울렸다. 카슈반은 익숙한 동작으로 그 입을 막아 조용히 시켰다.

이번에야말로 완전히 조용해진 무도회장의 주목을 한 몸에 받으며 입을 연 사람은 로벨 가 당주인 금발의 미청년.

―이 아니었다.

"이 자리에 모여주신 여러분. 오늘은 저희 가문의 소소한 모임에 잘 와주셨습니다. 제가 이 로벨 가의 주인, 키리안 로벨입니다."

긴장해서 딱딱하게 웃는 얼굴로 말한 사람은 갈색 머리의 수수한 청년 쪽이었다.

알리시아는 카슈반에게 입이 막힌 채로 어리둥절한 표정을 지었다. 그런데 알리시아만이 아니라 카슈반도 티르나드도 이 전개에는 놀란 모양이었다.

세 사람 다 놀라는 사이에도 키리안 로벨은 열심히 말을 잇고 있었다.

"저 같은 풋내기가 가문을 잇고 로벨 가의 역사가 끊어지지 않은 것도, 여러분을 이 자리에 초대할 수 있었던 것도— 전부 오델 후작 덕분입니다. 성녀 아셀도 이러했을까 싶을 정도로 자비심이 많으신 분입니다……. 부모님을 잃었다는 비극에 일시적이나마 신을 원망했던 어리석음이 저는 그저 부끄러울 따름입니다. 이런 분을 보내주셨는데도 말입니다……."

열기를 띤 젊은이의 말이 끝나기가 무섭게, 예의 금발 미청년이 슥 한 발 앞으로 나왔다. 그 단순한 동작조차도 더할 나위 없이 우아하고 아름다워서 사람들의 눈을 끌지 않을 수가 없었다.

"신사 숙녀 여러분. 로벨 가의 자랑스러운 저택에 잘 오셨습니다. 주인인 로벨 자작을 대신해 이 같은 인사를 올리는 무례를 용서해주십시오."

겸허한 말과는 달리, 그가 띤 미소에서는 그런 분위기가 전혀 느껴지지 않았다. 낭랑하게 울리는 목소리는 마치 음악처럼 사람들, 특히 귀부인들의 귀를 사로잡고 놔주지 않는 힘을 갖고 있었다.

알리시아의 시선조차도 위압감마저 동반하는 미모의 청년에게 못박혀 있었다. ―그에게서 떠도는 부자의 냄새는 보통이 아니다. 그렇게 생각하면서.

"일전에 로벨 자작을 덮친 비극의 상처는 아직 아물지 않았을 것입니다. 그렇다고 해서 언제까지고 탄식하는 것은 더 높은 나라에서 지내고 계신 부모님의 뜻에 반하는 행동이겠지요. 주제넘으나 저, 지스칼드 오델은 미약하나마 키리안 님과 시이르 님 두 분의 행복을 기원하고 있습니다. 바라건대 이 자리에 모이신 신사 숙녀 여러분도 같은 마음이셨으면 합니다."

금발 미청년…… 지스칼드 오델이라 이름을 댄 남자가 그렇게 말하고 우아하게 인사를 했다. 그에 맞춰 또다시 성대한 팡파르가 울려 퍼졌다.

동시에 자리에 함께하던 귀부인들의 입술에서 열기를 띤 탄식이 흘러나왔다. 키리안의 옆, 아까 전부터 그저 지스칼드만을 계속 바라보던 수수한 소녀가 키리안의 동생인 시이르이리라. 시이르는 지금 당장에라도 기절해버릴 것만 같았다.

넓은 회장에 모인 여자들 중에서 지스칼드의 연출에 감동한 기색이 없는 사람은 두 사람밖에 없었다. 한 명은 그의 부인으로 생각되는 나른한 분위기의 금발 미녀. 값비싼 향나무로 만들어진 부채를 보란 듯이 들고 하품을 눌러 죽이고 있었다.

그리고 다른 한 사람은 겨우 카슈반이 손을 뗀 덕분에 자유로이 말을 할 수 있게 된 알리시아였다.

"어머, 저분이 지스칼드 오델 후작님? 엘릭스 님을 조종하고 가짜 사이드를 보내 루아크에게 카슈반 님을 살해하게 시켰던 그분인가요? 그럼, 옆에 계신 분이 강혼하신 에르티나 왕녀님이시겠네요. 오델 후작님과 사이가 별로 좋지 않다고 루아크가 말했었죠."

알리시아는 당당하게 소리를 내서 그런 말을 늘어놓았다. 그러나 다행스럽게도 그 말은 이미 시작된 화려한 댄스곡과 지스칼드가 시이르의 손을 잡고 춤추기 시작한 점에 묻혀 누구의 주의도 끌지 않았다.

평상시에는 귀가 밝은 카슈반조차도 아내의 실언을 놓친 모양이었다. 대신 주목받는 데에 익숙한 모습으로 춤추는 지스칼드를 바라보며 '한 방 먹었군'이라고 카슈반이 작게 내뱉는 소리가 알리시아의 귀에 들렸다.

"설마 여기서 오델 후작이 나오다니 생각도 못 했군. 그것도 저런……."

과연 전혀 예상하지 못했으리라. 본격적으로 시작된 무도회의 상황 따위 눈에 들어오지 않는다는 모습으로 카슈반은 줄곧 입 안에서 중얼거리고 있었다.

"이거 놀랍군. 디네로도 처음 봤을 때 얼굴이 무척 아름다운 남자라고 생각했지만, 오델 후작은 또 다르군. 엄청 눈에 띄는데."

몰락한 아즈베르그 지방의 지방백, 디네로 아즈베르그 공작을 끌어다 붙이면서 말한 카슈반은 평상시에는 타인의 미추에 큰 관심을 표하지 않는다.

그러나 이번만큼은 달밤처럼 조용하고 청초한 디네로의 미모와는 또 다른, 빛나는 태양도 이럴까 싶을 정도로 화려한 지스칼드의 미모에 다소 압도된 것 같았다.

"그렇답니다. 어디에 계셔도 한눈에 알 수 있어요. 금발이 반짝거리셔서."

인간 장벽의 건너편에서, 키가 큰 지스칼드의 금색 머리가 천천히 움직이는 모습을 바라보며 알리시아도 중얼거렸다.

"그렇지만 정말로 왜 이곳에 계실까요? 오델 지방과 페이트린은 그렇게 멀지 않답니다. 기후도 비슷한 만큼 생산되는 작물도 크게 다르지 않다고 근처에 사는 농민 아이가 말했어요. 하지만 그만큼 대상들은 왕래가 없고, 특별히 교류가 있지도 않았답니다. 그게 비슷한 상품을 일부러 멀리까지 갖고 가서 팔아봐야 돈이 되지 않으니까요."

본가 한구석에서 멋대로 채소를 키우던 알리시아는 그런 말을 하면서 고개를 작게 갸우뚱했다.

"저, 알리시아 님. 라이센. 그것보다…… 이상하다고 생각하지 않습니까, 이 분위기."

각각 생각에 잠긴 후견인 부부에게 티르나드가 견디기 어렵다는 듯이 말을 걸어왔다.

화려한 회장 한구석에 뻥 뚫린 공백이 생겨 있었다.

대규모 무도회장이라면 더할 나위 없는 사교의 장이라고도 할

수 있다. 자리에 모인 신사 숙녀는 조금이라도 더 많은 사람과 이야기를 나누고 댄스를 권하며, 자신을 상대방이나 주위에 깊이 각인시키려고 안달이 나 있다.

그러나 라이센 부부와 티르나드, 세 사람이 모인 한 귀퉁이만은 그런 흐름에서 완전히 깨끗하게 동떨어져 있었다.

바쁘게 돌아다니는 신사도 귀부인도 이쪽을 바라보지 않았다. 마실 것을 들고 돌아다니는 시종조차 다가오지 않았다.

“라이센. 우리는 초대받아서 이곳에 왔잖아? 그런데 마치 이 자리에 존재하지 않는 듯한 취급을 당하고 있어.”

“그렇지도 않아. 봐라, 저기 긴 의자에 앉아 있는 인간들.”

카슈반이 가벼운 턱짓으로 고양이 다리를 흉내 낸 긴 의자에 앉은 귀부인들을 가리켰다.

“이봐. 여성에게 그게 무슨 태도야. 실례라고.”

“부채로 얼굴을 가리고 의미심장하게 이쪽을 힐끗힐끗 쳐다보면서 소리 죽여 웃는 인간들에게 걸맞은 태도라고 생각하지 않나?”

주위 상황 따위는 전혀 보지 않는 것 같지 않았지만, 카슈반은 적어도 티르나드보다는 눈이 날카로웠다. 냉랭하게 중얼거린 카슈반은 짓궂은 눈초리로 천천히 주변을 둘러보았다.

“흥. 그렇다고는 해도 시대를 되돌린 것 같은, 호화로우면서도 케케묵은 무도회로군. 최근에는 거리 예술가를 불러 크게 흥을 돋우기도 한다던데, 그건 역시 품위가 떨어지나. 신흥 귀족들이 대량 출현해서 사교계도 이제 꽤 서민적이 됐다고 통탄하던 녀석들이 보면 눈물을 흘리면서 기뻐하겠지."

지금으로부터 80년쯤 전, 국가 전복까지 발전할 것 같았던 하극상의 풍조를 어떻게든 진정시키려고 당시 국왕은 각지에서 폭동을 일으켰던 유력 농민 일부에게 작위를 주었다.

갑자기 작위를 얻은 농민들은 적극적으로 사교계에 진출했다. 그 결과, 그들의 취향과 사고방식이 사교계에도 흘러들어 왔다. 무도회가 됐든 만찬회가 됐든 그 양식은 점차 간소해지고 딱딱한 것에서 벗어나고 있었다.

모멸적인 표정으로 그렇게 말한 후, 카슈반은 곁에서 주변을 둘러보는 알리시아에게로 시선을 떨어뜨렸다.

"……미안하다, 알리시아."

카슈반은 티르나드를 대할 때는 오만한 태도를 무너뜨리지 않았지만, 알리시아에게 말을 거는 어조는 정말로 미안해하는 것 같았다.

"모처럼 고향에 돌아왔는데 그것이…… 이런 상황이라서 말이다. 기회를 봐서 너만이라도 일단 별실에 물러나 있도록 해. 설령 그게 더 기분이 나쁘더라도."

"에? 아뇨. 당치도 않아요, 카슈반 님. 저, 이런 모임에 초대된 건 정말 오랜만이에요. 오른쪽을 보면 부자, 왼쪽을 보면 낭비 삼매경, 아아. 정말 멋져요!"

입 밖으로 소리 내는 행위는 삼가고 있다지만, 알리시아는 마음속으로 오가는 사람들을 바라보며 '천만, 팔백, 오백, 천이백' 등등 가격을 매기기 바빴다.

"……아니, 그게 아니라……. 이래서야 완전 구경거리니까. 덧붙여 누구 하나 네게 말을 걸어주질 않으니."

조금 떨어진 장소에서는 아직 무도회에 익숙하지 않은 듯한 젊은 아가씨가 장년 신사에게 댄스 신청을 받고 얼굴을 빨갛게 물들이고 있었다. 이런 곳에서는 얼마나 많이 댄스 신청을 받는지, 그것이 귀부인으로서 지위와 매력을 나타내는 지표가 된다.

"그렇습니다. 여느 때라면 모르겠지만, 아니 실례. 지금 알리시아 님은 매우 귀여우십니다. 저…… 괜찮으시다면 저와, 아얏!"

분위기를 타고 스리슬쩍 알리시아를 꼬신 티르나드의 구두 끝을 카슈반은 천연덕스러운 얼굴로 짓밟았다.

"왜 그러냐? 티르. 어디 부딪치기라도 했나? 손이 많이 가는 녀석이로군. 정말."

"뻔뻔스럽게 무슨 소리를 하냐, 네놈은. 구두가 더러워지니까 그만두라고! 알았어. 방해하지 않을 테니까 네가 알리시아 님과 춤추고 와. 난 여기서 기다리고 있을 테니까!"

"……아니, 나는 됐어."

갑자기 기세를 잃어버린 카슈반을 본 순간, 알리시아도 목에 뭔가가 걸린 듯 답답함을 느꼈다.

"아, 저기. 카슈반 님도 레이덴 백작님도 신경 쓰지 마세요. 저, 옛날부터 항상 이런 식이었으니까요."

더는 이 화제로 계속 이야기하는 걸 막고자 알리시아는 보기 드물게 신경을 썼다.

때마침 그들 앞을 알리시아도 알고 있는 페이트린 지방 귀족 몇 명이 지나가며 힐끗힐끗 시선을 주었다. 파제스 가와 드레아 가 분들이네. 알리시아가 그렇게 생각하노라니.

"어머, 허세쟁이인 페이트린 가 아가씨가 이런 곳에 있다니, 시집간 주제에 뻔뻔스럽네요. 돈 냄새에 이끌려서 왔을까요. 저라면 도저히 그럴 수 없을 거예요. 그렇죠?"

"지금은 사신 공주라고 불리고 있지 않습니까. 하하. 그런데도 사간 사람이 있다니 과연 지방백이구려."

"뭣보다 사간 사람도 저쪽에 있는 벼락출세한 귀족이잖아요? 처음 사간 바스틀 가도 원래대로라면 지방백의 영애가 시집갈 정도인 가문은……."

"뭐, 이 로벨 가도 어차피…… 아아, 아니, 그게 정말 그렇군요."

들으라는 듯이 중얼거리고는 그들은 태연하게 인파 속에 섞여 사라져갔다.

굳어 있는 카슈반과 티르나드를 바라보며 알리시아는 보세요, 하고 웃었다.

"항상 이런 식으로, 제게 말을 걸어주는 일은 거의 없었답니다. 하지만 그만큼 식사가 나오는 때에는 잔뜩, 어머. 잠깐, 카슈반 님?"

카슈반이 갑자기 손목을 붙잡는 통에 알리시아는 깜짝 놀라서 남편을 불렀다.

"기분이 안 좋을 거야. 일단 복도로 나가자, 알리시아."

"아뇨. 그게 저는 전혀…… 거기다 아직 펀치 한 잔도 받지 못했는걸요."

"그럼 내가 기분이 안 좋아."

'그럼'이라는 말을 어법에 맞지 않게 잘못 사용한 느낌이 들었지만, 올려다본 카슈반의 표정은 험악했다. 말을 들어줄 분위기가 아니었다.

어쩔 수 없이 남편이 하는 대로 따라나서려고 한 그 순간, 주위가 크게 술렁였다.

"오델 후작님!"

술렁거리는 사람들 사이를 빠져나와 알리시아 앞에 선 사람은 지스칼드 오델이었다.

샹들리에 빛에 한층 더 반짝거리는 금색 머리카락을 휘날리면서 지스칼드는 세 사람에게 생긋 미소를 지었다. 그때까지 세 사람을 우아하게 무시하던 사람들 시선까지도 그에게 이끌려 일제히 모여들었다.

"처음 뵙겠습니다, 라이센 공작 부부. 레이덴 백작 각하."

가까운 거리에서 보자, 지스칼드의 미모는 한층 더 눈부셨다. 알리시아는 여느 때처럼 방긋 웃으면서 인사를 했지만 티르나드는 저도 모르게 얼굴을 붉혔다.

인사를 마친 지스칼드는 무표정한 카슈반에게 돌아섰다. 카슈반도 또 등줄기를 곧게 펴고 지스칼드를 바라보았다.

두 사람의 영주는 신장과 체격은 크게 다르지 않았지만 이외의 부분은 멋질 정도로 대조적이었다. 기품 있는 미소를 띤 금발 벽안의 미청년과, 어딘가 그늘이 진 불손한 분위기를 두른 흑발 청년.

그런 주제에 서로를 바라보는 두 사람의 눈에는 똑같이 날카로운 빛이 담겨 있었다.

"……분명히 직접 뵙긴 처음이군요, 오델 후작 각하."

알리시아의 손을 놓기는 했지만, 카슈반의 어조는 험악했다.

상대는 하극상을 견뎌내고 한층 더 강력한 권력을 유지하는 오델 지방 지방백이며, 강혼한 왕녀를 아내로 둔 대귀족이었다. 공작인 카슈반이 작위 자체는 지스칼드보다 높았지만 어차피 벼락출세한 귀족. 오델 후작과는 비교도 되지 않는다는 게 일반적인 견해였다.

흥미진진하게 이 광경을 바라보던 주위 신사 숙녀가 '저런 무례한'이라며 눈썹을 찌푸렸다. 그러나 카슈반 처지에서 보면 이런 반응을 보이는 것도 무리가 아니었다.

카슈반이 영주가 된 직후, 지스칼드는 뜻을 전달한 서신을 봉납도 뜯지 않고 시든 장미꽃을 딸려 되돌려 보냈다. 그 시점에서 이미 카슈반의 심기를 건드린 지스칼드는 불과 얼마 전에는 엘릭스 바스틀을 이용해 라이센 가를 휘저어주기까지 했다.

"아아, 분명히 그렇군. 만나서 영광이네, 라이센 공작."

살짝 어조를 허물없이 무너뜨린 지스칼드에게 카슈반은 어디까지나 경어로 되받아쳤다.

"그런데 오델 후작 각하. 무례한 말을 해서 죄송하오나, 저는 '강'공작 카슈반 라이센. 당신의 장인어른께도 정식으로 인허받은 작위를 가지고 있습니다. 하오니 부디 그렇게 불러주셨으면 하는군요."

국왕도 인정한 작위를 입에 담기가 그렇게 싫으냐. 카슈반은 은연중에 그렇게 말하고 있었다.

공적인 장소에서 정말로 무례한 말을 들었음에도 지스칼드는 크게 놀란 기색을 보이지 않았다. 그러기는커녕.

"이거 실례했군, 라이센 강공작. ……아니."

쿡, 그거 참 이상하다는 듯이 웃었다.

"소문으로 듣기는 했지만 귀공은 겉보기와는 달리 뜻밖에 아이 같은 분이시군. 국왕 폐하께 받은 작위를 그리도 소중하게 여기고 계시다니. 충성심도 상당하신 듯해. 뭐, 걱정하지 않아도 한두 번 잘못 말한 정도로는 아무도 귀공의 작위를 거두라고는 하지 않으리라 생각하네만."

어린아이를 달래듯이 말한 후, 지스칼드는 침묵해버린 카슈반에게서 자신에게 완전히 반해 흐늘거리는 티르나드에게로 시선을 옮겼다.

"자 그럼 그대와의 이야기는 잠시 미루지, 라이센 강공작. 그리고…… 이쪽이, 레이덴 백작 각하시군요."

"에, 아, 예, 옛."

그 자리에서 뛰어오를 것 같은 티르나드에게 지스칼드는 정중하게 인사를 했다.

"레이덴 지방의 비극은 저도 들어 알고 있습니다. 영지가 멀리 떨어져 있다고는 하나, 저도 당신과 같은 지방백의 피를 이은 가문의 사람. 원조가 필요했을 때 도움을 드리지 못해 정말로 면목이 없습니다."

"아, 아뇨…… 그게."

"그러나 과연 레이덴 가 피를 이은 분이라 해야 할까요. 미성년이신데도 훌륭하게 그 땅을 통치하고 계신 수완……. 훌륭하십니다. 물론 의지할 수 있는 후견인이 있기에 가능한 일이라고 생각합니다만, 부모님께서도 더 높은 나라에서 기뻐하고 계실 겁니다."

한눈에 보기에도 대귀족다운 태도를 보인 지스칼드가 진지하게 하는 말을 들은 티르나드의 시선이 이리저리 움직였다. 평상시에 카슈반이나 세이그람에게 계속 바보 취급을 받아왔기에 제대로 칭찬받는 데에 익숙하지 않은 것이다.

"아뇨…… 그…… 오델 후작 각하야말로 그, 멋진 분이시군요. 저도 이곳에 지금 막 도착한 터라 상세한 이야기는 아무것도 듣지 못했습니다만, 로벨 가 당주께서도 후작께 크게 감사하는 것 같으니까요."

"당치도 않습니다. 키리안 님의 표현이 조금 과장되었을 뿐입니다. 분명히 약간 원조는 해드렸지만요."

쓴웃음조차 아름다운 지스칼드는 그렇게 말하고는 천천히 뒤를 돌아보았다.

지스칼드의 존재감에 묻혀서 거의 누구의 주의도 끌지 못했지만, 그곳에는 로벨 가의 당주 키리안이 긴장한 얼굴로 서 있었다.

“이런 말씀을 드려도 될지 모르겠지만, 로벨 가 남매분들도 불의의 사고로 갑자기 부모님을 잃고 매우 곤궁한 생활을 하고 계셨습니다. 똑같이 고난을 뛰어넘은 분들끼리 하고 싶은 이야기도 많으실 겁니다. 어떻습니까? 레이덴 백작. 시간이 괜찮으시다면 키리안 님과 이야기라도 해보심이?”

망설이듯이 티르나드가 카슈반을 올려다보자, 카슈반은 고개를 한 번 끄덕였다.

“가보도록 해. 너한테도 나잇대가 비슷한 이야기 상대가 필요하겠지. ……그렇지만 긴장을 늦추지 마라. 이렇게 사람 눈이 많은 곳에서 이상한 짓을 하리라고는 생각하지 않지만.”

후반부 말은 티르나드에게만 들릴 정도의 성량으로 발했다.

티르나드도 지스칼드가 카슈반에게 어떤 짓을 해왔는지 이해하고 있었다. 알고 있어, 라고 작은 목소리로 대답하고는 키리안의 곁으로 가까이 다가갔다.

“자, 그럼 라이센 강공작부인.”

지스칼드는 이번에는 ‘레이덴 백작님에게도 친구가 생길 것 같네요’라며 느긋하게 기뻐하고 있는 알리시아에게 말을 걸었다.

“다시금 인사를 드려도 되겠습니까. 저는 지스칼드 오델 후작. 오델 지방 영주로서 지금은 그저 당신의 미에 봉사하는 자일 뿐입니다."

아니꼬운 대사를 입에 담기가 무섭게 지스칼드는 몸을 굽혀 알리시아의 손을 잡았다.

지스칼드는 무도회에 참가하는 귀부인에게 걸맞게 품질 좋은 가죽으로 만들어진 장갑에 싸인 알리시아의 손등에 조금 길다 싶을 정도로 정중하게 키스를 했다. 카슈반은 그 모습을 잠자코 보고 있었다.

"저는 당신께도 사죄해야 합니다. 부모님의 불행, 그리고 첫 번째 결혼의 불행…… 미인에게 불행은 반드시 따라붙는다고 합니다만, 아무런 도움이 되지 못했던 점을 부디 용서해주십시오."

"아뇨. 당치도 않습니다. 특별히 오델 후작 각하께서 저희 부모님과 브라이언 님을 살해하시지도 않았으니까요. 거기에 무척 멋진 서방님이 저를 사주셨는걸요."

"그렇습니까. 소문처럼 당신은 역경에도 굴하지 않는 정신을 가진 멋진 분이시군요. 부럽습니다, 라이센 강공작. 이런 분을 아내로 맞이할 수 있어서."

웃으면서 지스칼드는 아직도 잡고 있던 알리시아의 손을 살짝 끌어당겼다.

"어떻습니까? 강공작부인. 저와 한 곡, 춰주시지 않겠습니까?"

"네?"

정말로 놀란 것 같은 알리시아에게 지스칼드는 그 눈을 들여다보듯이 하며 미소 지었다.

"아니, 제가 그렇게 놀라실 만한 일을 말씀드렸던가요?"

"아아, 아뇨. 그렇지요. 무도회니까요. 댄스 신청을 받는 일도 있을 수 있지요."

'몰락을 받아들이지 못한, 시대에 뒤처진 멍청이', '허세쟁이 페이트린의 딸'. 그렇게 경멸당하던 알리시아는 어느 연회에 얼굴을 내밀어도 부모와 함께 조금 전과 비슷한 취급을 받곤 했다.

덕분에 무도회에 얼굴을 내밀어 얻는 즐거움이라면 둘 정도밖에 없었다. 서로 다투듯이 치장한 초대받은 손님을 바라보며 부자 행세를 품평하거나, 맛있는 음식을 먹는 정도뿐이었다. 그러나 본래 무도회라면 춤을 즐기기 위해 있다.

"하지만 오델 후작님. 저는 최신 스텝에 대해서는 잘 모릅니다. 몇 년 동안 제대로 춤을 춰본 적도 없고, 댄스 교습은 너무 비싸거든요."

"아니, 아즈베르그에서는 그다지 무도회를 열지 않습니까? 걱정하지 마십시오. 왕궁에서 유행하는 최신 스텝을 제가 가르쳐드리겠습니다. 물론 공짜로."

알리시아가 계속해서 하는 돈 얘기를 연회 석상에서 하는 농담이라고 생각했으리라. 지스칼드는 요령 좋게 말을 맞추었다.

"어머, 그거 고마운 말씀이시네요. ……음 그치만."

주어진 물건은 고맙게 받자는 것이 알리시아의 주의였다. 무심코 고개를 끄덕일 뻔했다.

그러나 도중에 생각을 고쳐먹고는 줄곧 잠자코 있던 남편의 얼굴을 살짝 올려다보았다.

미혼 시절, 때로 댄스 신청이 들어올 때마다 부모님이 '저런 집안 남자는 안 돼'라고 쫓아버리던 걸 기억하고 있었다. 귀족 사회에서는 오히려 결혼하고 난 후에 이성과의 교류가 개방적이 된다. 그러나 알리시아는 단순히 결혼을 한 것이 아니었다.

돈에 팔려온 것이다. 모든 결정권은 카슈반이 쥐고 있었다.

"카슈반 님, 음 그러니까. 저…… 어떡하면 좋을까요?"

"—최신 스텝이라는 걸 배워보면 어때?"

한순간의 틈을 두고 카슈반은 억양이 없는 목소리로 그렇게 대답했다.

"허락이 내려졌습니까? 관대한 남성께 시집간 당신은 행복하시겠습니다. 그럼 알리시아 님, 이거 실례했습니다. 알리시아 님이라고 불러도 될까요?"

"아, 예. 어 그러니까, 괜찮을까요? 카슈반 님."

"……네가 싫지 않고, 오델 후작이 그렇게 부르고 싶다고 하신다면야."

낮은 목소리로 한마디 중얼거린 카슈반이 슥 얼굴을 가까이 갖다 댔다. 그 행동에 알리시아는 깜짝 놀랐다.

키스라도 하려나 생각했다. 그러나 예상을 뒤집고 카슈반은 아까 티르나드에게 했듯이 작은 목소리를 귓가에 속삭였을 뿐이었다.

"엘릭스나 루아크 일은 절대로 입에 올리지 마라. 이 남자가 어떤 인간인지 잊지 마."

"아, 그랬죠."

저도 모르게 소리를 내서 대답해버린 알리시아에게 카슈반은 쓴웃음을 지었다. 카슈반은 그대로 물러나 벽 쪽으로 걸어가 벽에 기대서서 팔짱을 끼었다.

무도회장에 놓인 귀부인용 의자에 앉는 것보다야 나았지만 그래도 공작이 취할 태도는 아니었다. 상스러워라, 이렇게 비난하는 목소리가 몇 개인가 알리시아의 귀에도 들렸다. 하지만 카슈반은 시선만을 움직여 주변 상황을 살피고 있었다.

지스칼드에게 손을 잡혀 큰 홀 중앙까지 나아간 알리시아에게 회장에 있던 사람들의 시선이 집중되었다.

이렇게 사람 눈이 많으면 아무리 그래도 여기서 살해당하지는 않겠죠. 그렇게 생각하면서 알리시아는 지스칼드가 리드하는 대로 춤추기 시작했다.

곡 자체도 최신곡이리라. 들어본 적이 없는 곡이었다. 하지만 경쾌함과 화려함을 겸비한 주선율은 저절로 사람을 움직이는 힘이 있었다.

무엇보다 지스칼드의 리드가 능숙했다. 카슈반과 체격이 그다지 차이가 나지 않았으므로 당연히 알리시아와는 체격 차이가 상당히 났다. 그러나 허리에 두른 팔은 그런 사실 따위에 전혀 개의치 않고 교묘하게 알리시아를 이끌어주었다.

"잘 추시는군요, 알리시아 님. 몇 년이나 춤을 안 추셨다는 말은 거짓말이죠?"

"아뇨. 정말이에요. 의외로 몸은 많이 움직이고 있지만요. 우후후, 하지만 즐겁네요…… 카슈반 님과도."

카슈반 님과도—.

자연스럽게 입에서 튀어나온 말 뒷부분이 도중에서 끊어졌다.

"라이센 강공작과도?"

"아…… 아뇨, 아무것도 아니랍니다. 카슈반 님은 댄스는 그다지 좋아하지 않으셔서요."

춤을 좋아하지 않아서일까 그렇지 않으면 자신과 춤추는 걸 좋아하지 않아서일까.

어두운 생각을 털어내듯이 밝게 말한 알리시아의 말을 듣고 지스칼드는 카슈반 쪽으로 시선을 향했다.

"그런 것 같군요. 특별히 누군가에게 댄스 신청을 하는 기색도 없으니까요."

지스칼드가 하는 말처럼 티르나드도 키리안에게 가버린 현재, 카슈반은 혼자 벽에 등을 기댄 자세로 움직이지 않고 있었다.

저택 주인과 한창 이야기 중인 티르나드의 주변에는 어느샌가 다른 초대객이 모여들었다. 카슈반은 둘째 치고 레이덴 지방의 영주이며, 지방백이기도 한 티르나드에게는 내심 인사하고 싶었던 사람이 많았을 것이다.

그러나 카슈반의 주변에는 또, 공백이 생겨 있었다.

"뭣보다 권유를 한다고 해도…… 아니, 그만둘까요, 이런 이야기는.”

뭔가 속뜻이 있는 것 같은 말을 하고 나서 지스칼드는 시선을 팔 안에 있는 알리시아에게로 되돌렸다.

“그건 그렇고, 알리시아 님은 라이센 강공작과 결혼해 정말로 행복해 보이는군요.”

“예. 카슈반 님은 제게는 이상적인 서방님이신걸요.”

몇 번을 말해도 변함없는 카슈반에 대한 평가를 듣고 지스칼드는 푸른 눈동자를 살짝 가늘게 떴다.

“그렇습니까. 그거 부럽군요. 그런데 알고 계십니까? 당신의 부모님께서는 당신을 제게 시집보내고 싶어 하셨습니다.”

“네? 아, 예. 알고 있답니다.”

「레이덴 가는 아직 기반이 불안정하고, 아즈베르그 가는 상태가 조금 심각하다고 들었고…… 아아, 오델 가에 시집보낼 수 있다면 얼마나 좋겠니!」

근처 지방백의 이름을 들면서 어머니가 이렇게 한탄하던 말을 알리시아는 지속적으로 듣고 있었다. 그리고 절대로 이루어질 수 없는 소원이라는 사실도 알고 있었다.

“하지만 오델 후작가 같은 부자는 우리 집과는 균형이 맞지 않는걸요. 같은 지방백이니까 가문을 지참금 대신 들고 갈 수도 없고요.”

지나칠 정도로 솔직한 알리시아의 대답에 지스칼드는 아주 살짝, 아주 살짝 눈썹을 찡그렸다.

그러나 그것도 잠시, 그는 바로 상냥한 미소를 입가에 띠었다.

“아뇨. 사실은 저도 같은 지방백으로서 당신을 궁핍함에서 구원해주고 싶었습니다. 그러나 유감이군요. 페이트린 가에서 혼담 이야기가 전해졌을 때, 제게는 이미 약혼자가 있었습니다.”

“예. 에르티나 피랄 드 실딘 님이시죠. 지금 저쪽에 계신.”

길고 긴 왕녀의 이름을 알리시아는 술술 읊었다. 알리시아는 부자만큼은 기가 막힐 정도로 잘 기억했다.

현재는 에르티나 오델이 된 전 왕녀는 무도회장 구석에 있는 긴 의자에 느긋하게 앉아 있었다. 그 주위로는 춤을 신청하려고 하는 사람들이 산처럼 몰려들었는데, 에르티나의 좌우에 서 있는 젊은 귀족 몇 명이 그들을 쌀쌀맞게 응대하고 있었다.

“하지만 정말 멋져요. 왕녀님과 결혼하다니! 지참금을 잔뜩 받으셨겠죠?”

“……분명히 많은 걸 받았습니다. 그러나 저분과의 결혼은 제게서 가장 소중한 것을 앗아가기도 했답니다.”

또다시 눈썹을 모은 지스칼드는 바로 조용한 표정으로 돌아와서는 의미심장한 말을 중얼거렸다.

“소중한 것?”

그렇게 되물은 알리시아에게 지스칼드는 조금 쓸쓸한 듯이 웃었다.

“진정으로 사랑하는 여자와 함께 하는 행복한 결혼 생활입니다.”

알리시아는 눈을 크게 뜨며 저도 모르게 몸을 앞으로 내밀었다.

"어머, 오델 후작님께는 달리 좋아하는 분이 계셨나요?"

왕녀를 아내로 맞아들인 남자의 가슴속에 있는 옛 연인. 연애 소설에서도 자주 보는 이 소재는 알리시아가 좋아하는 공포 소설에도 자주 나온다.

다만, 공포 소설이 연애 소설과 다른 점은 달콤씁쓸한 내면의 갈등을 세밀하게 읊는 대신, 연인에게 버려져서 원망하는 감정과 복수하는 과정을 표현하는 데 많은 지면이 할애된다는 점이다. 작가의 취미일까. 때에 따라서는 잔혹한 장면이 정말 생생하게 묘사될 때가 있는데, 이런 책은 대부분 찾는 사람이 거의 없어 무척 싸게 입수할 수 있다. 알리시아에게는 참으로 고마운 일이 아닐 수 없었다.

"그렇지는 않습니다. 하지만 그런 분을 찾을 기회도 잃어버리고 말았다는, 그런 말입니다. 물론 에르티나 님은 멋진 여성이십니다만…… 그분은 유감스럽게도 다른 남성과 있는 편이 더 즐거우신 모양이더군요."

알리시아의 망상을 부정하면서 지스칼드는 지금 막 생각났다는 듯이 쓴웃음을 지었다.

"이런, 실례했습니다. 작위를 가진 가문 장남으로 태어난 몸으로 연약한 소리를 하고 말았습니다. 그런 일, 용납될 수 없는 몸인데도……. 부디 웃지 말아주십시오."

"아뇨, 당치도 않아요."

별 뜻 없이 그렇게 대답한 알리시아의 허리에 둘러진 지스칼드의 손가락에 문득 힘이 들어갔다.

한결같이 우아하고 물 흐르는 것 같던 스텝이 살짝 흐트러져 발밑이 꼬였다. 후작님의 발을 밟을 것 같아. 그렇게 당황한 알리시아를 재빠르게 받쳐주면서 지스칼드는 지근거리에서 이렇게 속삭였다.

"그럼 이 일은 둘만의 비밀로 해주시겠습니까?"

"음, 예. 알았습니다."

흐트러진 안경을 고쳐 쓰면서 알리시아는 연인의 정담과도 같은 느낌의 말에 순순히 대답했다.

지나칠 정도로 가벼운 몸을 받쳐주면서 지스칼드는 물끄러미 알리시아를 바라보았다.

"—우리는 첫 만남이 조금 늦었는지도 모르겠군요. 알리시아 님, 괜찮으시다면 저를 이제부터는 지스칼드라고 불러주십시오."

"아아. 예. 고맙습니다. 지스칼드 님."

오델 후작님을 지스칼드 님이라고 불러도 별로 절약하는 기분이 들지 않는걸. 그렇게 생각하면서 또 고개를 끄덕인 알리시아에게서 지스칼드는 살그머니 떨어졌다.

"곡이 끝났군요. 가능하다면 또 한 곡 추어달라고 신청하고 싶습니다만, 이 이상은 당신 서방님께 원망을 들을 것 같습니다. 거기에 저도 그와 하고 싶은 이야기가 있으니까요."

지스칼드에게 손을 잡혀 되돌아온 알리시아를 카슈반은 말없이 맞이했다.

하얀 벽에 기대서서 주변을 곁눈으로 노려보는 모습은 여자라면 가련한 벽의 꽃이라고 할 수 있을 터였다. 그러나 눈빛은 너무 날카로웠고, 존재감도 너무 강해 주변의 신사 숙녀는 그를 완전히 무시할 수 없던 모양이었다. 결국 힐끗힐끗 카슈반을 바라보며 뭔가를 속삭이고 있었다.

찌릿찌릿한 공기에 개의치 않고 알리시아는 여느 때처럼 술술 말했다.

"카슈반 님. 지스칼드 님께서 할 이야기가 있으시다네요."

"……지스칼드 님?"

의아한 듯이 그 이름을 복창한 카슈반에게 지스칼드 본인이 미소를 지어 보였다.

"내가 그렇게 불러주십사 부탁했네."

"……그렇다면 상관없지요. 그런데 할 이야기라 함은 무엇입니까?"

"귀공에게 보낸 초대장에 대략적인 일은 쓰여 있었을 터인데. 자세한 이야기는 별실에서 하지. ……아아, 마침 딱 좋을 때."

알리시아와 지스칼드가 돌아온 것을 알아차리고 세 사람에게 가까이 다가온 사람은 티르나드와 키리안이었다.

"예의 그 일에 관해 이제부터 라이센 강공작과 이야기를 하고자 합니다만, 두 분 다 괜찮으시겠습니까?"

"예. 슬슬 무도회도 중간 휴식에 들어갈 때고, 딱 좋을 겁니다."

키리안이 고개를 끄덕였다. 티르나드도 똑같이 고개를 끄덕이다가 뭔가가 떠올랐다는 듯이 이렇게 말했다.

"저…… 맞다. 오델 후작, 죄송합니다. 저희 집안의 집사가 동석해도 괜찮을는지요."

"집사?"

"예. 부끄러운 말씀이지만 저는 아직 미성년자인데 더해 영주로서 한참 미숙합니다. 그렇기에 중요한 이야기는 신뢰하는 집사에게도 들려주고 싶습니다. 저…… 안 되겠습니까?"

카슈반의 정보원으로도 움직이는 세이그람조차도 이번의 지스칼드의 움직임을 파악하지 못했다.

그러나 세이그람이라면 동석해서 이야기를 들으면 뭔가를 얻어낼 수 있을지도 모른다. 뭣보다 나중에 '왜 부르지 않았냐'고 혼이 날 것 같았다.

티르나드로서는 눈치 빠른 발언에 지스칼드는 잠시 뜸을 들였다가 대범하게 웃었다.

"아니, 괜찮습니다. 그 정도로까지 세이그람 알레이를 신뢰하고 계시는군요."

"네? 저희 집사를 아십니까?"

지스칼드의 입에서 아직 소개도 하지 않은 세이그람의 이름이 나오는 걸 듣고 티르나드는 놀란 얼굴을 했다.

"예. 레이덴 가의 집사가 되었다고 들었습니다. 저도 한번 그와 만나보고 싶었습니다. 꼭 불러주십시오."

"그렇다면 내 집사도 부르도록 하지."

카슈반의 한마디에도 '좋으실 대로 하시게'라고 지스칼드는 맞장구를 쳤다. 그러고는 알리시아를 향해 미안한 듯이 미소를 지었다.

"죄송합니다, 알리시아 님. 당신과 좀 더 이야기를 나누고 싶은 마음은 굴뚝같습니다만, 라이센 강공작과 레이덴 백작과 급히 나눠야 할 이야기가 있습니다. 다소 사정이 복잡한 이야기가 될 것 같아 자리를 비우게 됐습니다. 부디 그 무례를 용서해주십시오."

"아아. 저희 저택을 사고 싶으시다는 이야기였지요? 예. 전 신경 쓰지 마세요."

—네가 소중히 여기는 저택이니까 나는 팔고 싶지 않다.

그렇게 말한 카슈반은 알리시아의 머리에 손을 얹었다. 그 손의 온기를 떠올리자 조금이나마 '배가 아픈' 느낌이 들었다. 느낌을 받으면서도 알리시아는 지스칼드의 말에 고개를 끄덕였다.

"고맙습니다, 그런데 알리시아 님. 저쪽에는 쟁쟁한 명문가분들이 많이 모여계시니 지루하지는 않으실 겁니다. 라이센 강공작도 멋진 분이라고 생각하지만, 모처럼 생긴 기회이니 다른 분들과도 교류를 가지시는 게 어떻겠습니까? 그럼 나중에 또 뵙지요."

마친 자신이 주인인 것 같은 말을 남기고 지스칼드는 카슈반 일행을 데리고 큰 홀 밖으로 나가려 했다.

그런데 갑자기 카슈반만이 되돌아오더니 알리시아에게 가볍게 몸을 굽혔다. 그러기 무섭게, 카슈반은 이렇게 속삭였다.

"사신이 가까이에 있다. 무슨 일이 있으면 주위 사람들 눈은 신경 쓰지 말고 불러라. 알았지?"

일반적으로 불길한 명칭인 '사신'은 라이센 부부에게는 마음 든든한 아군을 나타내는 말이다.

모습은 보이지 않지만 루아크가 어딘가 있다. 알리시아를 혼자 두고 가는 걸 염려해 말해주었으리라.

'루, 아, 예'라고 아슬아슬하게 대답한 알리시아에게 고개를 끄덕여 보이고는 카슈반은 성큼성큼 지스칼드의 뒤를 쫓았다.

중간 휴식을 거쳐 다시 시작된 무도곡에 느긋하게 귀를 기울이면서, 알리시아는 시종이 나누어준 작은 케이크를 행복하게 우물거리고 있었다.

시종은 알리시아를 무시하지 않게 된 것 같았지만, 그래도 이번에도 알리시아 주변에 공백이 생겼다. 힐끗힐끗 알리시아를 바라보면서 '네가 좀 가봐', '싫어. 네가 가', '나는 싫어', '나도 싫지만 오델 후작이'라고 서로 소득 없는 양보를 하는 귀족 청년들은 있었다. 하지만 실제로 말을 거는 사람은 없었다.

"이 케이크, 맛있네요. 스펀지에 들어간 과일은 건조한 리고? 그렇지 않으면 피네 너츠인가요. 맞다, 피네 너츠라면 아즈베르그 지방에서도 키울 수 있을지도 몰라요."

리고도 피네 너츠도 페이트린 지방에서는 일반적인 농작물이다. 리고를 키우려면 많은 태양광이 필요하지만 피네 너츠는 비료만 잘 주면 빛이 없어도 비교적…… 그렇게 주위를 완전히 무시하고 알리시아는 생각에 잠겼다. 그때.

"저…… 라, 라이센, 공작부인."

자신을 부르는 작은 소리에 눈길을 주니 그곳에는 갈색 머리카락을 틀어 올린 수수한 소녀가 서 있었다. 잘 보니 밝은 장밋빛이 상당히 화려한 드레스를 입었는데도 전혀 화려한 분위기가 나질 않았다.

"어머…… 음 그러니까."

"시, 시이르 로벨이라고 합니다. 처음 뵙겠어요."

알리시아와 마찬가지로 크게 부푼 드레스 자락을 잡고 시이르는 머뭇거리며 이름을 댔다.

오빠 키리안과 마찬가지로 시이르도 소박해 보이는 것 외에는 눈에 띄는 점이 없는 수수한 외견을 하고 있었다. 체형도 알리시아와 크게 다르지 않아서 호리호리한 동시에 볼륨감이 부족했다.

드레스 유행도 신흥 귀족이 대두하면서 소박해지고 있었을 터인데도, 시이르가 약간 어설프게 걸친 드레스는 종래 귀족 취향을 계승해 장식이 많았다. 소매도 크게 부풀어 있었는데, 그 때문에 빈약한 가슴이 한층 더 강조되었다.

"저…… 공작부인. 잠시 이야기를 나눌 수 있을까요?"

"예에. 물론이죠."

마침 케이크도 다 먹은 참이기에 알리시아는 지나가던 시종에게 접시를 돌려주면서 고개를 끄덕였다. 동년배 귀족 소녀가 말을 걸어온 적은 꽤 오랜만이었다.

그러나 시이르는 자신이 먼저 이야기를 하고 싶다고 말을 꺼냈으면서 계속 머뭇거릴 뿐, 좀처럼 아무 말도 하지 않았다.

"음 그러니까…… 저, 라이센 공작부인은 지스칼드 님과 친하신가요?"

잠시 머뭇거린 끝에 갑자기 시이르는 그런 질문을 해왔다.

한 박자 늦게 소녀는 주근깨가 핀 얼굴을 새빨갛게 물들였지만, 알리시아는 매우 평범하게 대답했다.

"예? 아뇨. 지스칼드 님과는 오늘 처음 만났답니다. 이름은 이전부터 몇 번인가 들었지만요."

그러고 보니 루아크의 형 '사이드'로 위장했던 제다에게는 오델 후작 명령으로 나를 죽이겠다는 말을 들었지요. 알리시아는 새삼스럽게 쓸데없는 일을 떠올리고 있었다.

"앗…… 지스칼드 님이라고 부르시나요?"

갑자기 어두운 얼굴이 된 시이르에게 알리시아는 시원스럽게 '예'라고 대답했다.

"지스칼드 님이 그렇게 불러주길 바란다고 말씀하셔서요."

"아, 아아…… 그래요. 그렇답니다. 지스칼드 님은 매우 상냥하고 소탈한 분이시니까요……."

자신을 납득시키려는 듯이 혼잣말을 하는 시이르에게 알리시아는 이렇게 제안해보았다.

"저어, 괜찮다면 저를 알리시아라고 불러주실래요? 그리고 전 당신을 시이르 님이라고 부르고 싶은데요."

그 말을 듣고 시이르는 살짝 놀란 얼굴을 했다. 하지만 곧 수줍어하듯이 미소 지으면서 '물론이랍니다'라고 대답해주었다. 그리고 숨을 한 번 들이쉬고는 화제를 바꾸었다.

"저…… 방금 전까지 여기 계시던 흑발을 지닌 남자분이 라이센 공작이신가요?"

"예. 라이센 강공작님. 제 서방님이세요."

알리시아가 카슈반이 집착하는 작위를 예의 바르게 정정하면서 대답하니, 시이르의 눈동자는 알리시아가 자주 그러듯이 반짝거리기 시작했다.

"역시 그분이 '아즈베르그의 폭군'이라고 불리는 라이센, 어 그러니까 강공작 각하시군요. 어머, 눈이 세 개 있고 뿔이 났으며 덧붙여 덩치가 산보다도 더 크다고 들었습니다만, 뜻밖에 평범한 분…… 조금 무서워 보였지만요."

알리시아에 관해 떠돌던 풍문이 어느샌가 카슈반에게까지 튄 모양이었다.

어딘가 연극 조인 몸짓으로 가느다란 어깨를 떨고는 시이르는 천천히 물었다.

"강공작부인…… 이런 말을 여쭈어도 될지 모르겠습니다만…… 저기…… 그분과의 결혼 생활은 어떠신가요?"

"예?"

"여, 여러 가지로 좋지 않은 평판도 많은 분이시니까요…… 저…… 그렇습니다. 저, 알리시아 님을 무척 가엾게 여기고 있답니다! 부모님이 돌아가시고 두 번이나 정략결혼을 하신 데다가 사신 공주라는 별명까지 붙어버린 당신을…… 마치 이야기 속에 나오는 비극의 여주인공 같아서 멋지, 아, 아뇨, 불쌍하다고 생각했답니다."

분명히 시이르는 알리시아를 불쌍하다는 듯이 보고는 있었다.

그러나 동시에 묘하게 두근두근해 하는 기색도 있었다.

최근에 이런 말을 자주 듣네요. 그렇게 생각하며 알리시아는 머리를 굴렸다.

"음 그러니까, 카슈반 님과의 결혼 생활은 떠들썩하고 자극적이라 매우 즐겁답니다. 그게 카슈반 님은 저의 이상적인 서방님이시니까요."

이상적인 서방님.

진심으로 그렇게 생각해 말을 반복할 때마다 카슈반은 왠지 슬퍼 보이는 표정을 짓곤 했다. 그것을 떠올리면서 알리시아는 말을 계속했다.

"매우 상냥하시고 관대하셔서 저보고 아무것도 하지 않아도 된다고 말씀하신답니다. 최근에는 특히…… 왠지 제게 무척이나 신경을 써주시는 것 같기도 하고요."

머리를 쓰다듬는 손길이 조심스러워지기도 했고, 갑자기 갖고 싶은 물건이 있느냐고 물어보기도 했다.

얇은 천을 사이에 둔 것처럼 어색하게 상냥함을 보이다가도, 갑자기 쌀쌀맞게 내치기도 한다.

저도 모르게 풀이 죽은 얼굴이 된 알리시아에게 시이르가 왠지 유감스럽다는 얼굴을 했다.

"어머, 그러신가요. 상냥하신가요……. 저기…… 하지만 알리시아 님, 예를 들면 이런 일은 없나요? 알리시아 님께 차갑게 대한다거나, 돈으로 샀다고 알리시아 님께 오만한 태도를 보인다거나."

"차갑게…… 그러고 보니 댄스를 거절당했네요."

오르간을 쳤을 때 일과 아까 일어났던 일을 떠올리면서 알리시아는 중얼거렸다.

그러자 시이르의 어투가 또다시 우물거리는 어조가 되었다.

"……알리시아 님은 조금 전에 지스칼드 님과 매우 친밀한 분위기로 춤을 추셨지요."

"예. 지스칼드 님과는 한 곡을 췄지요. 시이르 님도 처음에 추셨죠?"

그때 마침 알리시아는 지금 연주되는 곡이 곧 끝날 것 같다는 사실을 알아차렸다. 다음 상대를 찾아 회장 안 사람들의 움직임이 격렬해졌다.

"시이르 님은 다른 분과 춤추지 않으시나요?"

아무 생각 없이 알리시아가 묻자 시이르는 왜인지 자랑스럽게 단언했다.

"이제는 저의 지랄딘 왕자님과만 춤추겠다고 다짐했답니다."

"지랄딘?"

"아, 죄송합니다. 잘 모르시겠네요."

미안하다는 듯이, 그렇지만 여전히 자랑스럽다는 듯이 시이르가 입에 올린 이름을 사실 알리시아는 들은 적이 있었다.

"그렇지요. 제가 아는 지랄딘이라는 분은 분명히 음 그러니까, 렌버그라는 왕국 왕자님으로…… 그러고 보니 지스칼드 님은 삽화의 지랄딘 님과 좀."

"그레이드를 해치워라!!"

시이르의 목소리가 튀어 올랐다. 그 소리에 소녀들의 이야기에 스리슬쩍 귀를 쫑긋 곤두세우던 귀족들이 깜짝 놀라서 허둥지둥 시치미를 뗐다.

"알리시아 님. 당신도 '꿈의 왕자님'의 애독자셨군요!"

손을 꽉 붙잡혀서 알리시아는 눈을 동그랗게 떴다.

'꿈의 왕자님'이란 몇 년이나 전에, 특히 10대 소녀에게 절대적인 인기를 자랑하던 연애 소설이다. 팔다 남은 괴기 소설을 알리시아에게 파격적인 가격에 팔아준 상인이 '지금은 시들해졌지만 덕분에 짭짤한 수익을 올릴 수 있었다'고 하던 말을 기억하고 있었다.

"음 그러니까. 제대로 읽은 적은 없지만요…… 그 책, 인기가 있어서 무척 비쌌거든요. 줄거리만 들었어요."

"알리시아 님, 저도 당신과 같답니다."

시이르는 알리시아의 말 따위, 거의 귀에 들어오지 않는 모양이었다. 열기를 띤 촉촉한 눈동자에는 이곳이 아닌 다른 어딘가를 바라보는 것 같은 아슬아슬함마저 감돌고 있었다.

"저도 '꿈의 왕자님'을 정말 좋아한답니다……. 그리고 저도 당신이나 이젤리아네 공주와는 조금 처지가 다르지만, 슬픈 운

명에 희롱당하고 있어요."

'꿈의 왕자님'의 주인공이며, 지랄딘 왕자와 맺어진 공주의 이름을 시이르는 황홀한 표정으로 말했다.

"저기, 알리시아 님. 알리시아 님도 사실은 그레이드…… 실례했습니다. 라이센 강공작에게 괴로운 일을 당하고 계시죠? 솔직하게 말씀해보세요."

그레이드란 온몸에 추한 바늘이 돋아난 새카만 용의 이름이다. 이야기 속에서 그레이드는 이젤리아네 공주에게 반해 몇 번이나 공주를 납치하려 했지만, 그때마다 지랄딘 왕자에게 격퇴되곤 했다.

"그러네요……. 저한테 목줄을 채우거나, 다리를 잘라서 가둬놓으려고 하신 적도 있었죠. 하지만 저도 잘못을 했었으니까요."

"—네?"

열심히 알리시아의 말을 듣던 시이르의 표정이 갑자기 굳었다.

"모, 목줄……? 다리……? 그레이드는 최후의 최후까지 이젤리아네 공주에게는 상처를 입히지 않았는데…… 그분, 알리시아 님의 다리를 자르려고 하셨단 말인가요?"

"그렇답니다. 하지만 저에게도, 그리고 제가 저택을 빠져나가도록 도와줬던 노라에게도 어떤 벌도 내리지 않고 끝내셨으니까 역시 상냥하시죠. 대관이라는 지위를 이용해 트레이스를 괴롭혔던 대관은 베어버리셨지만요."

"……베어……?!"

그런 단어를 듣게 될 줄은 생각도 못 했으리라. 할 말을 잃은 시이르에게는 아랑곳하지 않고 알리시아는 여전히 말을 계속했다.

"하지만 역시 상냥한 분이세요. 세이그람이 노라에게 구애하니까 트레이스 쪽이 더 좋다고 추천해주셨어요. 아, 노라는 저희 하녀로 카슈반 님 애인이예요. 저로서는 노라가 계속 제 곁에 있어주기만 한다면 상대가 누가 됐든 상관없답니다."

"애인?!"

끝까지 듣지도 않고 시이르가 더는 견딜 수 없다는 듯이 큰 소리를 냈다. 소녀들의 이야기를 훔쳐 듣던 귀족들은 또다시 깜짝 놀란 뒤 완전히 제각각 타이밍으로 얼굴을 돌렸다.

"애인이라니! 저, 두 분은 결혼하신 지 아직 반년도 안 지났죠?! 그런데 강공작 각하께 벌써 애인이 있나요?!"

"예. 제가 시집오기 전부터요. 벌써 몇 년이나 사귀어왔다고 말했던가요. 어머, 시이르 님. 왜 그러시죠?"

시이르는 입술을 바들바들 떨면서 잠꼬대를 하듯 중얼거렸다.

"그런…… 그 그레이드조차도 태어나서 처음으로 사랑하게 된 사람이 이젤리아네 공주로, 이후로 몇 년이나 그분만을 계속 노려왔는데……."

"괜찮으신가요? 마치 '비료불요초'라도 드신 것 같은 얼굴이세요……. 어머, 카슈반 님."

페이트린과 아즈베르그 양쪽 지방에서 자생하는 유독 식물의 이름을 입에 올리며 걱정하던 알리시아에게 말없이 접근해온 사람은 카슈반이었다.

카슈반이 의아한 듯이 한쪽 눈을 살짝 가늘게 뜨는 순간, 시이르는 흡하고 목을 울렸다.

"아…… 아즈베르그의 짐승!!"

한마디 이렇게 외치더니 시이르는 드레스 자락을 걷어찰 기세로 종종걸음으로 달려나가, 주위 인파에 섞여 어디론가 가버렸다.

"……로벨 가 영애와 무슨 이야기를 하고 있었나?"

짐승이라는 말에 카슈반은 의아한 표정을 지었다. 카슈반의 옆에서 알리시아는 유감스럽다는 듯이 한숨을 내쉬었다.

"아아…… 도망쳤네요."

모처럼 친구가 될 수 있을 분위기였는데, 왜 귀족 자녀와 이야기를 하면 항상 이렇게 되는 걸까.

역시 노라는 앞으로도 계속 곁에 있어 줘야겠어요. 그렇게 생각하면서 알리시아는 대답했다.

"카슈반 님과 결혼 생활이 어떠냐고 물으시기에 그에 관해 조금 이야기하고 있었답니다."

"……그 화제로 이야기를 하는데 나를 짐승이라고 부르고 도망쳤나? 애초에 아직 완전히 짐승이 된 기억이…… 뭐, 됐다."

카슈반이 중간부터 말을 흐렸다. 그런 그의 등 뒤에서 천천히 걸어온 자는 지스칼드, 키리안, 그리고 티르나드였다. 장신인 지스칼드를 올려다보며 키리안도, 티르나드도 열심히 이야기에 귀를 기울이고 있었다.

"이야기는 벌써 끝나셨나요? 카슈반 님. 저희 저택은 가격이 얼마로 정해졌나요?"

팔지 않는다는 전제를 잊어버리고 결국 돈 이야기를 시작한 아내의 말에 카슈반은 쓴웃음을 지었다.

"……사실은 아직 이야기가 다 안 끝났다."

"네?"

"생각보다 훨씬 많이, 오델 후작과 이야기를 해야 한다는 사실을 알았다. 알리시아 미안하지만 잠시 로벨 가에 폐를 끼쳐야겠다."

"음…… 예. 그건 괜찮습니다만……."

카슈반이 결정한 일이라면 거스를 이유는 없다. 또 이 호화로운 저택 안을 둘러볼 기회를 얻어서 기뻤다.

하지만 왜일까. 카슈반은 많이 지친 듯이 보였다.

"알리시아 님. 기다리게 해서 죄송합니다. 지루하지는 않으셨나요?"

그때 키리안과 티르나드와의 담화를 끝내고 지스칼드가 말을 걸었다.

"아뇨. 시이르 님이 상대를 해주셔서요."

"아아. 시이르 님이요. 잘됐군요."

매우 자연스럽게 시이르의 이름을 부른 지스칼드는 힐끗 카슈

반을 보았다.

"벌써 들으셨을지 모르겠지만, 저는 라이센 강공작과 레이덴 백작 두 분과 당신의 저택에 관한 것 이외에도 여러 가지로 이야기를 하고 싶습니다. 물론 알리시아 님, 당신과도요."

그렇게 말하고는 지스칼드는 또다시 알리시아의 손을 잡고 손등에 가볍게 키스했다.

카슈반은 꿈틀 한쪽 눈썹을 치켜세웠지만, 잠자코 지스칼드의 말을 들었다.

"다행히도 오래 머물 준비를 해 오신 것 같군요. 물론 부족한 부분이 있다면 키리안 님이 준비해주실 겁니다."

"예. 라이센 강공작부인. 여러분은 오델 후작의 소중한 손님이십니다. 부디 이곳을 자기 집처럼 생각해주십시오."

열성적인 키리안의 말에 알리시아는 고개를 끄덕이는 수밖에 없었다.

무도회가 개최되었던 본관과는 다른, 별관 2층에 있는 널찍한 손님방이 라이센 가 일행을 위해 준비된 방이었다. 부부인 알리시아와 카슈반이 한 방, 티르나드가 다른 한방을 쓰게 되었다. 그리고 각각의 방에 딸린 작은 방을 트레이스, 노라, 세이그람이 쓰도록 해놓았다.

이렇게 되리라 예정해놓은 듯했다. 알리시아가 들떠서 방에 들어갔을 때, 값비싼 융단이 깔린 실내는 먼지 한 톨 없이 청소

되어 있었다. 그리고 중앙에 있는 투명한 황갈색의 잘 닦인 긴 테이블 위에 새빨간 장미가 커다란 화병에 한가득 꽂혀 있었다.

"……이건 이쪽에 두지요."

트레이스가 눈치 빠르게 꽃병을 안고 별실 쪽으로 옮겨갔다.

카슈반은 아무 말도 하지 않고 그저 큰 한숨을 쉬고는 넓은 침대에 걸터앉았다.

심야까지 계속된 무도회는 조금 전에 막 끝난 참이었다. 창 건너편에 무수한 마차에 달린 등불이 열을 지어 로벨 가 저택을 떠나 어둠 속 여기저기로 흩어지고 있었다.

"카슈반 님. 벌써 주무시게요?"

잠자코 물끄러미 바닥을 노려보는 카슈반에게 알리시아는 살짝 물어보았다.

카슈반이 의논하다 돌아온 후에도 호화로운 무도회는 길게 계속되었다. 원래 무도회란 것은 느지막하게 시작해서 한밤중에 끝나는 것이었으니 어쩔 수 없는 일이었다.

그러나 의논 자리에서 돌아온 카슈반은 시종 피로에 지친 어려운 얼굴을 하고 있을 뿐이었다. 알리시아가 말을 걸어도 건성으로만 대답했다. 지스칼드와 무슨 이야기를 했냐고 묻자, 미간의 주름이 한순간 더 깊어지기는 했지만 역시 대답다운 대답은 들을 수 없었다.

상당히 지쳤다고 생각해서 알리시아가 '방을 준비해달라고 할까요?'하고 몇 번이나 물었지만 그때마다 거절당했다. 남몰래 카슈반과 춤추고자 생각하던 알리시아로서는 도저히 그럴 만한

계제가 없었다. 그렇다고 다른 사람과 춤을 출 마음도 들지 않았다. 차라리 카슈반 님이 쓰러져주시면 좋을 텐데. 조마조마해 하면서 곁을 떠나지 못했다.

"……아니, 조금 생각할 일이 있다. 트레이스. 옷 갈아입는 걸 도와줘. 노라도 알리시아의 옷을 갈아입혀 줘라."

또다시 쉬기를 거부한 카슈반은 트레이스의 손을 빌려 옷을 갈아입기 시작했다.

'마님은 이쪽에서'라고 말하는 노라의 손에 이끌려 알리시아는 탈의용 작은 방으로 끌려가서 드레스를 벗고 잠옷으로 갈아입었다. 머리를 내리고 화장을 지우자 그곳에 있는 사람은 여느 때와 다름없이 그럭저럭 귀여운 수준인 빈유 소녀뿐이었다.

"역시 그런 모습 쪽이 여느 때 알리시아다워서 좋군."

드디어 작은 방에서 나온 알리시아를 보고 역시나 여느 때 복장으로 돌아온 카슈반이 그렇게 말을 흘렸다.

지스칼드의 말처럼 우아하고 화려하지는 않았지만 그런 만큼 소박하고 솔직한 감상이었다. 알리시아는 살짝 '배가 아픈' 느낌을 받았고, 노라는 '궁상스러운 쪽이 더 잘 어울리신다는 말씀이시죠!'라고 밉살스러운 소리를 냈다.

"아니, 별로 궁상스럽진 않지만…… 어쨌든 오늘 밤은 먼저 자라, 알리시아."

카슈반으로서는 실언을 한 것이리라. 카슈반은 그 말을 적당히 넘기려고 했지만 알리시아는 그보다 카슈반의 컨디션이 걱정되었다.

"예…… 하지만 카슈반 님. 정말로 낯빛이 안 좋으세요. 빨리 쉬시는 편이 좋겠어요."

"……마님과 같은 의견이라니 왠지 화가 나지만, 저도 그렇게 생각합니다."

노라도 동의를 표시하고 트레이스도 '저도 그렇습니다'라고 불안한 듯이 덧붙였다.

거기에 또 한 명, 찬동의 목소리를 내는 사람이 있었다.

"나도 그렇게 생각해, 형님. 우선 오늘 밤은 푹 자는 게 어때?"

"어머, 루아크."

별실 쪽에서 얼굴을 불쑥 내민 것은 잠깐 모습을 감추었던 루아크였다. 노라와 트레이스가 흠칫하는 표정을 지었지만, 루아크는 뉘 집 개 짖느냐는 얼굴로 가까이 다가왔다.

"이야, 익숙하지 않은 건물이라 전체를 파악하는 데에 시간이 걸리네. 나한테는 역시 비밀 통로투성이 라이센 저택 쪽이 더 마음이 편한걸."

경박한 어조로 말하고 나서 루아크는 카슈반 앞에 멈춰 섰다.

"저기, 분명히 오델 후작님이 한 말에는 나도 여러모로 놀랐어. 하지만 혼자 동굴 파봤자 별수 없잖아. 우선 푹 자. 얼굴빛이 완전 안 좋아."

한층 더 험악한 얼굴이 된 카슈반은 루아크를 노려보았다.

"알리시아 곁에 붙어 있으라고 말했을 텐데, 사신. 또 훔쳐 들었나?"

"아하하. 미안. 하지만 도중까지는 알리시아 곁에도 있었다고. 그저 이 집 아가씨랑 얘기에 열중해 있었고, 위험해 보이는 사람도 없어서 말이야. 산책 삼아 사알짝."

미안한 기색도 없이 말하는 루아크에게 알리시아는 물었다.

"저기 루아크, 지스칼드 님은 카슈반 님에게 무슨 이야기를 하셨나요? 페이트린 저택, 좋은 가격에 팔릴 것 같은가요?"

"아—, 지스칼드 님은 말이야. '날개의 기도' 교단이 대두하는 게 마음에 들지 않는대."

"루아크!"

카슈반이 날카로운 목소리로 루아크를 불렀지만 알리시아는 고개를 갸우뚱할 뿐이었다.

"어머? 지스칼드 님은 '날개의 기도'와 손을 잡고 계신 게 아니었나요?"

"나도 그렇게 들었고, 또 분명히 겉으로는 손을 잡고 있지만 속사정은 좀 다르대. 그 사람에게는 숭고한 이상이 있어서 말이야. 이 왕국에서 절대 왕정을 실현하고 싶다는 거야. 그렇기 때문에 '날개의 기도' 교단과는…… 어이쿠!"

카슈반이 뻗은 손을 루아크는 몇 걸음 뒤로 폴짝 뛰어 피했다.

"쓸데없는 소리 떠들지 마라, 루아크. 알리시아에게 그런 말을 해봤자 몰라."

"그런가? 뭐든 농작물에 비유하는 경향이 있지만 알리시아도 묘하게 현실적이야. 정치 얘기도 의외로 냉정하게 이해할 거라는 느낌이 드는데. 무엇보다 형님이 그런 식으로 의기소침해서 생각에 잠겼는데, 이유를 모르면 더 걱정할 거라고."

아픈 곳을 찔렸는지 카슈반은 순간 침묵했다.

"간단하게 말하면 지스칼드 님도 '날개의 기도' 교단이 너무 세력을 뻗는 걸 안 좋게 생각한대. 카슈반 형님도 '날개의 기도'에게 눈엣가시로 여겨지고 있으니까 서로 협력해서 대항하자는, 그런 얘기였어."

"어머, 왠지 괜찮은 이야기 같은데요."

카슈반과 지스칼드가 서로를 싫어한다고 들은 알리시아는 살짝 기뻐져서 그렇게 말했다.

그러나 옆에서 노라는 얼굴을 찡그리고 있었다.

"……하지만 루아크. 그분은 이전에 당신의…… 형님 이름을 사용해서 더러운 공작을 해오지 않았나요. 애초에 이번 초대도 그게 목적이라면 그렇다고 말해주셨다면 좋았을 텐데…… '날개의 기도' 교단이 냄새를 맡을까 우려했다고 하더라도 무도회를 연다고 초대장에 확실히 명기해주셨어도 좋았잖아요?"

"응. 카슈반 형님도 지적했어. 그랬더니 그 사람, 시련이라고 대답하더라고."

천연덕스러운 얼굴로 루아크가 입에 담은 말에 카슈반과 트레이스의 얼굴이 굳어졌다. 알리시아는 순진하게 되물었다.

"시련?"

"자신과 손을 잡을 만한 가치가 있는 상대인지 시험해본 결과, 합격이었단다. 그래서 협력하자는 이야기를 꺼냈다네. 엘릭스 씨가 관련된 사건도 아주 능숙하게 자신이 흑막이었는지 어떤지는 슬슬 피해버렸지만, 그 일도 시련의 일부가 아니었을까?"

'나도 최종적으로는 처리될 거다'라고, 자조적으로 말한 엘릭스가 목숨을 걸고 행한 일이 전부 단순한 시련.

루아크가 자신이 죽인 형 '사이드'의 이름을 사칭한 가짜에게 자신을 잃어버리기 일보 직전까지 휘둘렸던 그때 일이 단순한 시련.

"뭣보다 상대가 저 지스칼드 오델 후작 각하잖아. 확실히 말로 하지는 않지만 뒤에 국왕 폐하의 의도도 깔렸을지도? 티르도련님에게는 묘하게 상냥하게 굴어서 도련님, 완전 친해진 것 같더라."

지방백 지상주의자라는 말을 듣는 지스칼드는 알리시아를 대하는 모습과 똑같이 티르나드에게도 상냥했다. 지금까지 누군가가 상냥하게 대해주는 데에 익숙지 않은 티르나드는 결국 그 상냥함에 푹 취해버린 모양이었다.

"하지만 아픈 곳을 찌르는걸. 저쪽이 의욕이 넘쳐 싸움을 걸어온다면 카슈반 형님도 응전해야만 하지. 하지만 평화적으로 공존하는 길을 제시한다면 또 생각하지 않을 수 없어. 거기다 아즈베르그와 오델 지방의 수입과 군비 차이를 일일이 설명해주다니, 신사적인 협박의 모범을 보여주시잖아."

"루아크. 그만 됐다. 슬슬 입 다물어."

태연한 얼굴로 계속 나불거리는 루아크를 카슈반이 괴로운 목소리로 제지했다.

"예예. 하지만 '진흙의 백성'인가. 오랜만에 들었어."

대답만 잘한 루아크가 의식적으로 흘린 말은 알리시아는 모르는 말이었다.

"'진흙의 백성'?"

"루아크. 알리시아에게 더러운 말을 가르치지 마라."

눈썹을 찡그리고 카슈반이 말했지만, 이미 알리시아의 눈동자는 호기심으로 반짝이고 있었다.

자신도 쓸데없는 소리를 늘어놓았다고 깨달은 모양이었다. 카슈반은 마지못해 자신이 대신 설명했다.

"……라그라드르인을 경멸해서 부르는 말이다. 라그라드르인은 전부 피부가 검잖아?"

실딘 왕국과 이웃한 소국 라그라드르. 아즈베르그 지방과 풍토가 비슷한 그 나라는 토지가 척박해서 제대로 된 농작물이 자라지 못한다. 그래서 국민의 대부분이 용병 산업으로 생계를 유지하고 있다.

"예. 발로이 님의 피부는 우리보다 검지만……. 하지만 그래도 '진흙의 백성'이라니."

카슈반의 검술 스승이기도 한 용병단장, 발로이 렉산드르의 경박하게 웃는 얼굴을 떠올리며 알리시아가 말했다. 그러자 카슈반은 한층 더 얼굴을 찡그렸다.

"말해두지만 실딘 국내에서도 일부 과격한 라그라드르 차별주의자 이외에는 입에 담기를 삼가는 말이다. 발로이 앞에서는 실수로라도 말하지 마. 그 꼰대는 라그라드르인을 바보 취급하는 녀석들은 절대로 용서하지 않으니까. 아무리 상대가 너라도 때에 따라서는 살해당할 가능성조차 있어."

"예, 알았습니다. 하지만…… 지스칼드 님은 라그라드르 분들을 정말로 싫어하시는군요."

생각에 생각을 거듭한 알리시아가 그렇게 말하자 카슈반은 '이 나라의 구 귀족들은 기본적으로 전부 그렇지'라며 내뱉었다.

"나도 특별히 라그라드르인이 좋아 죽을 정도는 아니다. 하지만."

감정이 가는 대로 강한 어조로 말을 이어가려던 카슈반은 돌연 말을 끊었다.

"……하지만, 그런 일은 전부 영주로서 내가 생각해야 할 일이다. 오델 후작과 앞으로 어떤 식으로 교류할까…… 잘, 생각할 필요가 있어."

엄격한 표정으로 혼자 중얼거린 카슈반은 조금 무리를 했다는 느낌이 드는 미소를 지어 보였다.

"알리시아. 너는 아무 걱정도 하지 마라. 오델 후작은 너나 티르와 같은 지방백의 미래에 관해, 더 나아가서는 이 나라의 장래를 진심으로 걱정하는 것 같으니까."

커다란 손이 뻗어와 상냥하게 알리시아의 머리를 쓰다듬었다.

"기껏 오랜만에 페이트린에 돌아왔으니, 내일부터는 이 호화로운 저택 안을 탐험할 수 있도록 안내해달라고 해. 자, 이제 자라."

한술 더 떠 카슈반은 일부러 이불을 걷어 알리시아를 침대로 이끌어주기까지 했다.

얼굴을 마주한 노라와 트레이스도 별실로 물러가고, 한숨을 남긴 루아크가 모습을 감추는 걸 배웅하면서 알리시아는 카슈반을 바라보았다.

아슬아슬한 정도까지 어둡게 한 방 안에서 돌아온 카슈반의 무게에 침대가 천천히 삐걱거렸다.

침대에 걸터앉은 카슈반은 알리시아에게 등을 돌린 자세라 표정은 알 수 없었다. 그러나 명백히 잠을 잘 기색은 보이지 않았다. 넓은 등은 알리시아도 알 수 있을 정도로 대화를 거부하며 긴장해 있었다.

"……안녕히 주무세요, 카슈반 님."

"잘 자라. 알리시아."

생각지도 않게 대답이 돌아왔다. 하지만 보기 드물게 알리시아가 잠이 들지 못해 아무리 침대 위에서 뒤척거려도 카슈반은 한 번도 아내를 돌아보지 않았다.

[제3장] 나의 왕자님

로벨 가를 방문한 지 이틀째인 아침은 어제 무도회가 늦게 끝난 데에 맞췄는지, 느지막한 조식회로 시작했다.

상석에 앉아 있는 자는 물론 로벨 가 당주인 키리안. 그러나 존재감은 손님 자리에 앉은 지스칼드가 압도적으로 강해서, 대화의 주도권도 그가 쥐고 있었다.

누가 주역인지 알 수 없는 조식회가 끝난 후, 카슈반과 티르나드는 각자 집사를 데리고 어제 하던 이야기를 계속하러 갔다.

남겨진 알리시아는 달리 할 일도 없어서 노라와 함께 로벨 가 저택 안을 안내받고 있었다.

"정말로 멋진 저택이네요."

안내를 맡은 시종을 따라 걸으면서 노라는 호오 숨을 내쉬었다.

알리시아 일행이 묵고 있는 손님방이 있는 구역에는 손님을 접대하기 위한 다양한 시설이 있다고 키리안이 열심히 권해주었다. 그중에서도 시이르의 취미이기도 한 훌륭한 도서관이 있다는 말을 들었고 알리시아가 그곳으로 안내해달라고 한 것은 두말할 나위가 없었다.

시이르는 기분이 좋지 않다며 조식회에는 모습을 보이지 않았다. 어제 '짐승' 이야기가 길게 여운을 남긴 모양이었다.

"그러네요. 로벨 가 분들이 이런 부자라고는 생각도 못했답니다……. 기분 나쁜 분위기는 결여되어 있지만 남자 고용인이 많기도 하고, 정원도 아름답게 손질되었고요."

급여가 높은 남자 고용인이 많다니 부자라는 증거다. '기분 나쁜 분위기는 결여되어도 좋아요……'라고 말하는 노라의 중얼거림에 아랑곳하지 않고 알리시아는 창밖으로 시선을 던졌다.

벽면에 큼지막하게 뚫린 창문 아래로 엿보이는 풍경은 녹색 산울타리가 미로처럼 둘러쳐진 멋진 정원이었다. 중앙부에는 색색의 꽃을 화려하게 심은 화단이 있었다.

최근에는 중앙에 연못이나 분수를 두는 집도 많다고 한다. 그러나 물과 관련된 죽음을 몹시 꺼리는 '날개의 기도'의 신자들. 즉 종래의 명문 귀족들은 유행에 편승하지 않았고, 결국 실력을 시험해보고 싶은 정원사를 탄식케 한다고 했다.

"이렇다면 저……."

"왜 그러시죠?"

"……으으응. 아무것도 아니에요. 노라."

이렇다면 저, 로벨 가에 시집오는 게 좋았을까요.

여느 때라면 술술 입 밖으로 나왔을 말은 어젯밤 카슈반의 긴장한 등을 떠올리는 순간, 머릿속에서 사라졌다.

"도서관은 이쪽입니다. 저는 이곳에서 대기하고 있을 테니, 무슨 일이 있으면 불러주십시오."

이러저러하는 사이에 목적지인 도서관에 도착했다. 안내역인 시종이 묵직한 목제 문을 열어주자 오래된 종이 특유의 냄새가 흘러나와 알리시아의 코끝을 간질였다.

"어머, 대단해요."

순간 기뻐진 알리시아는 흥분한 눈으로 실내를 돌아보았다. 책 따위에는 흥미를 나타내지 않는 노라도 감탄한 얼굴을 하고 있었다.

로벨 가 자랑거리인 도서관은 별로 넓지는 않았다. 하지만 죽 늘어선 책장에는 다양한 디자인과 제목을 가진 책이 가득 꽂혀 있었다. 위세를 부리려고 자주 이용하는, 책등만 있는 가짜 책은 없는 것 같았다.

"대단해요! 이거, 실딘 왕국 역사서잖아요?!"

가장 눈에 띄는 위치에 놓인, 붉은 가죽 바탕에 금색으로 테두리가 둘러진 두꺼운 서책 한 권을 만지며 알리시아는 들뜬 목소리를 냈다.

"이 책, 비싸답니다. 왕가의 검열을 받고 있어서 그만큼 더 비싸요! 대단하네요. 전질을 갖추고 있는 데다가, 알맹이도 제대로 있어요. 아, 이 책등을 보는 것만으로도 행복해요."

지나치게 흥분한 알리시아의 목소리가 달각하는 소리에 중단되었다.

놀란 박자에 알리시아는 값비싼 책을 떨어뜨릴 뻔했다. 알리시아는 당황해서 책장에 매달리듯이 하면서 책의 추락을 저지했다. 그러고 있는 알리시아의 시야 끝에 금색의 무언가가 스쳤다.

"어머…… 당신."

여자치고는 조금 낮은, 요염한 목소리가 울렸다.

도서관 안쪽 으슥한 곳에서 모습을 나타낸 사람은 옅은 보라색의 기품 있는 드레스로 몸을 둘러싼 나른한 분위기의 금발 미녀였다. 아름다운 머리카락이 약간 흐트러져 어딘가 단정치 못한 느낌이 색기를 더욱 돋보이게 했다.

"앗…… 왕녀 전하, 가 아니죠. 오델 후작 부인. 안녕하세요."

책장에 매달린 채 인사를 하는 알리시아를 에르티나 오델은 보기 드문 보랏빛 눈동자로 힐끗 바라보았다. 에르티나는 시이르와 마찬가지로 '기분이 좋지 않다'는 이유로 조식회 자리에는 참석하지 않았다. 그런데 원래부터 기운차 보이지는 않았지만, 그렇다고 특별히 몸이 안 좋은 것 같지도 않았다.

"반가워요. 당신은…… 알리시아 라이센 강공작부인, 이었죠."

예의에 어긋난 알리시아의 행동을 에르티나는 특별히 문책하지 않았다. 관대하다기보다는 단순히 관심이 없는 모습이었다. 알리시아의 인사에 형식적인 인사를 되돌려 주었지만, 그 이상 대화를 시작할 기색은 보이지 않았다.

"잠깐, 마님. 책장에서 떨어져서 제대로 인사를 하셔야죠! 카슈반 님을 부끄럽게 하는 일이 됩니다!!"

당황한 노라가 눈치 빠르게 알리시아를 책장에서 떼어놓았다.

그러나 에르티나는 다른 일이 더 신경 쓰이는 모양이었다.

"카슈반 님? 고용인이, 주인을 이름으로 부르나요?"

에르티나의 어조에는 역시 나무라는 기색은 없었다.

그러나 담담한 어조에는 남편과는 또 다른 일종의 압력이 있어서 노라는 갑자기 말문이 막혔다.

"앗…… 그게, 저…… 죄 죄송."

"오델 후작 부인. 카슈반 님은 매우 관대한 분이시랍니다."

알리시아가 노라를 감쌌다, 라고 생각했더니 그도 아니었다.

"노라 뿐만 아니라, 라이센 저택에서는 전부 카슈반 님을 이름으로 부른답니다. 거기다 노라는 카슈반 님 애인이기도 하니까요."

"마니이이임?!"

노라의 목소리가 휙 뒤집어졌고, 역시 에르티나도 눈을 살짝 크게 떴다.

거북한 공기가 흐르는 가운데, 조심스러운 젊은 남자의 목소리가 안쪽에서 들려왔다.

"저, 에르 님…… 아."

조심스러워하면서 나타난 사람은 어딘가의 귀족 자제로 보이는, 차림새가 좋은 젊은이였다. 그는 손에 한 권의 책을 들고 있었다.

"어머, 당신은 어제 무도회에 계셨던."

어젯밤, 에르티나 곁에 서서 댄스를 신청하는 남자들을 닥치는 대로 물리치던 득의양양한 표정을 알리시아는 떠올렸다.

그러나 어제는 빈틈없이 갖춰 입었던 옷 앞섶이 살짝 벌어져 있었고, 잘 정돈되었던 앞 머리카락도 흐트러져 이마에 칠칠하지 못하게 늘어져 있었다.

에르티나의 모습과 맞춰본다면 도서관 어두운 곳에서 두 사람이 무엇을 하고 있었는지는 일목요연했다. ……알리시아 이외의 사람들에게는.

"앗…… 그, 이건."

알리시아와 노라가 있다는 사실을 알아차리고 젊은이가 당황해서 부산을 떨었다. 그런 그를 에르티나는 차가운 눈으로 바라보았다.

"저도 애인에게는 이름으로 부르게 하고 있어요. 귀족들이 하는 일이란 다 똑같은 모양이네."

억양이 없는 목소리로 말한 에르티나는 흐트러진 머리카락을 가볍게 쓸어 올리며 그 자리에 굳어버린 젊은이의 팔을 잡았다.

"당신들은 책을 읽으러 왔겠죠? 우리는 인적이 없는 자극적인 장소를 찾고 있었을 뿐이에요. 자, 가요."

"아, 예, 예…… 저, 하지만 에르, 아니 에르티나 님. 아니, 오델 후작 부인. 이 책은."

에르티나의 애인 같은 청년이 손에 든 책을 가리키며 당황한 소리를 냈다.

그의 손에 들린 책을 보고 알리시아는 어머, 하는 소리를 냈다.

"'꿈의 왕자님'이네요."

어젯밤에 시이르가 열변을 토했던 책의 제목을 듣고 에르티나가 움찔 반응했다.

"당신도 이 책의 애독자인가요?"

"애독자라고 할 정도는 못 된답니다. 줄거리를 알고 있을 뿐이라서요. 하지만 시이르 님은 이 책을 무척 좋아하시는 것 같았어요."

"아아, 그래요. '꿈의 왕자님'. 지랄딘 님을 말이죠."

고개를 끄덕인 에르티나의 눈동자에 차가운 빛이 감돌았다.

"저도 이 책을 좋아한답니다."

그렇게 말한 에르티나는 애인의 손에서 '꿈의 왕자님'을 집어 들었다.

"언제 읽어도 웃음만 나온다니까. 정말 바보 같아."

애인의 손에서 집어 든 책을 에르티나는 알리시아의 품에 억지로 안겼다. 그러는 에르티나의, 경멸의 빛을 띤 보랏빛 눈동자는 어둡게 빛나고 있었다.

"좋은 기회이니까, 당신도 이 책을 읽어보는 게 어때요? 무척 재밌으니까. 그럼, 실례할게요, 라이센 강공작부인."

"고맙습니다. 오델 후작 부인. 바로 읽어볼게요."

이 자리에서 혼자 상황을 파악하지 못한 알리시아의 기뻐 보이는 인사를 받으며 에르티나는 애인을 데리고 자리를 떠났다.

두 사람의 모습이 보이지 않고서야 호흡하기를 잊어버린 듯이 굳었던 노라가 비로소 단숨에 입안의 공기를 토해냈다.

"……마, 마, 마, 님…… 진짜, 정말로 오늘은 진심으로 마님을 모시는 일을 후회했답니다……."
"어머, 무슨 잘못이라도 했나요?"
진심으로 의아해하는 알리시아의 모습에 노라는 의기소침해서 호흡을 가다듬었다.
"아뇨, 됐습니다……. 일단 확인하겠습니다만, 마님. 조금 전에 일어났던 일, 다른 사람이 물으면 어떻게 하실 거죠?"
"조금 전 일?"
"오델 후작 부인과 젊은 애인이 여기 있었던 일 말이에욧!"
알리시아의 둔함을 알고는 있었지만 노라는 짜증이 몰려오는 것을 참을 수 없었다. 그러나 알리시아의 반응은 여전히 둔했다.
"어머, 그분이 오델 후작 부인의 애인이었나요? 역시 부자는 애인 한 사람이나 두 사람 정도는 두고 있군요."
"그게 아니라요……! 오델 후작도 부인에게 애인이 존재한다고는 알고 계실 거예요. 하지만 부인이 대낮부터 저렇게 당당하게 젊은 남자와 불장난하고 있었다는 사실이 다른 사람들에게 알려진다면 후작의 체면에 먹칠하는 셈이잖아요?! 아시겠어요? 오늘 일은 절대로 다른 사람에게 말하지 않겠다고 지금 당장 맹세해주세요!"
자신도 주인의 애인임을 자칭하고 있다는 사실을 잊어버리고 노라는 상당히 무서운 얼굴을 했다. 그런 노라에게 알리시아는 느긋하게 미소 지었다.
"알았어요, 노라. 그런데 이 책, 시이르 님의 것이 아닐까요? 오델 후작 부인은 저리 말씀하시지만 제가 멋대로 빌리면 안 좋겠죠?"

"왜 그런 부분만은 상식적으로 대응하시는 거죠?! 정말로 아무에게도 얘기하지 않으시는 거죠?!"

입에서 불을 뿜어낼 기세로 외친 노라의 귀에 '오델 후작님!'이라고 외치는 시종의 초조한 목소리가 밖에서 들려왔다.

"실례합니다. 에르티나 님께 알리시아 님이 여기 계시다고 들었습니다만."

에르티나와 교대하듯이 모습을 나타낸 자는 그 남편인 지스칼드였다.

"어머, 지스칼드 님…… 읍읍."

반사적으로 노라가 알리시아의 입을 뒤에서 막은 광경을 보고 지스칼드가 우아한 눈썹을 가볍게 찡그렸다.

"무슨 놀이를 하고 계시는가요? 알리시아 님."

"푸하. 아뇨. 아무것도 아닙니다, 지스칼드 님. 아무 말도 하지 말라는 말을 듣기도 했으니까요."

"마님?!"

맹세고 뭐고 방금 했던 말은 다 잊어버린 듯한 알리시아의 한마디에 노라가 눈꼬리를 치켜세웠다. 그런 노라의 태도에 지스칼드의 얼굴이 한눈에 알 수 있을 정도로 차가워졌다.

"—설마라고 생각하지만, 그 하녀가 당신에게 무슨 짓을 하진 않았겠지요? 요즘 하극상이라는 주제넘은 말을 내세우며 주인에게 불충한 행동을 하는 고용인이 늘어나고 있다고 들었습니다.”

화려한 미모가 얼어붙고 푸른 눈동자에 얼음을 연상시키는 날카로운 빛이 감돌았다.

평상시 신사적인 분위기에서 일변한 지스칼드를 보고 노라는 움찔 몸을 움츠렸다.

“어, 아뇨. 당치도 않습니다. 노라는 제게 무척 잘 해주는걸요.”

알리시아조차도 한순간, 등줄기가 오싹해져서 급히 변명했다.

“그런데 카슈반 님과 이야기는 끝나셨나요?”

“예. 오늘은요. 저로서도 너무 채근하자니 불쌍하기도 하고, 거기에 모처럼 얻은 만남의 기회도 소중히 하고 싶으니까요.”

이번에는 상냥한 미소를 띠며 지스칼드는 살며시 알리시아의 손을 잡았다.

“시간이 있으신지요, 알리시아 님. 괜찮으시다면 저와 정원 산책이라도 하시겠습니까?”

“아아. 저 멋진 정원 말이군요. 음, 그러니까…… 하지만.”

“걱정하지 마십시오. 라이센 강공작의 허락은 받았습니다. 당신이 싫다고 하지만 않는다면, 이라고 하더군요.”

그렇게 선수를 치자 알리시아도 ‘싫다’고 말할 수가 없었다.

실제로 싫진 않았고, 또 지스칼드가 카슈반과 사이좋게 지내줄 마음이 있다면 아내로서도 그의 기분을 상하게 하면 안 되니까…….

망설이는 알리시아의 머리카락을 한 줄기 바람이 흔들고 지나갔다.

실내에서 갑자기 불어온 바람은 믿음직스러운 은발 사신이 '내가 곁에 있어요'라는 뜻으로 보내는 신호다.

"루…… 음 그게, 알았습니다. 하지만 이 책은 어떡하죠?"

"책? 응? 시이르 님의 책이로군요."

지스칼드도 '꿈의 왕자님'이 시이르가 가장 마음에 들어 하는 책이라는 사실을 아는 것 같았다.

"예. 그렇군요. 저, 오델 후작 부인이 권해주셔서 읽어보려고 합니다만…… 그렇다면 이 책은 그만 됐어요. 그렇죠? 노라."

다시 입을 막을 수도 없어서 조마조마해 하는 노라에게 알리시아는 일단 확인했다.

"에, 예. 뭐, 그, 그렇죠. 호호."

"에르티나 님이? 그렇습니까."

조금 의외라는 얼굴을 하면서도 지스칼드는 바로 다시 미소를 지었다. 지스칼드는 알리시아의 손에서 '꿈의 왕자님'을 집어 들었다.

"노라라고 했나? 이 책은 네가 네 방에 갖다 놓도록 해라. 나는 알리시아 님에게 정원을 안내해드리고 오겠다."

알리시아를 대할 때와는 전혀 다른, 강압적인 어조로 명령을 받고 노라는 황송한 얼굴을 하고 책을 받아 들었다.

"어머, 하지만 저 시이르 님께 허락을 받지 않았는데요."

"걱정하시지 않아도 괜찮습니다, 알리시아 님. 시이르 님은 상냥한 분이십니다. 또 이 책이 얼마나 멋진지, 많은 분이 알아주기를 바라고 계십니다. 제가 나중에 알리시아 님께 빌려드렸다고 전해두면 문제없을 겁니다."

노라를 대할 때보다 훨씬 상냥하게, 그러나 역시 강압적인 어조로 말하고는 지스칼드는 알리시아를 대동하고 재빨리 걷기 시작했다.

알리시아는 생명력이 넘치는 녹색 산울타리 사이를 지스칼드에게 이끌려 천천히 설레는 마음으로 걸었다.

본가의 방치된 상태인 정원이나, 손질 따위 애초에 할 생각이 없는 듯한 라이센 저택의 살풍경한 정원에 익숙해진 알리시아에게는 구석구석 손질이 된 로벨 가의 정원은 매우 신선하게 비쳤다.

"멋진 정원이네요. 로벨 가가 이렇게 부자였다니 몰랐어요. 이 정도 실력을 지닌 정원사를 고용하는 데에는 대체 몇만 제달이 들었을까요."

알리시아로서는 이 말이 최고의 극찬이었다.

그러나 그 말을 듣고, 지스칼드의 눈동자가 살짝 가늘어졌다. 그는 햇살이 세다며 알리시아에게 가늘고 섬세한 양산을 씌워주고 있었다.

"알리시아 님, 실례지만 귀부인이 너무 돈 이야기를 하는 게 아닙니다. 그런 화제는 여성으로서의 가치를 떨어뜨립니다. 조금 자중하셨으면 좋겠습니다만."

"……아아, 나 좀 봐. 죄송합니다."

카슈반에게도 주의를 받았던 것을 기억해 내고, 알리시아는 순순히 사죄했다.

솔직한 반응에 미소를 지은 지스칼드는 미로와도 같은 산울타리 안을 거침없이 걸으면서 말했다.

"하지만 분명히 로벨 가 분들이 힘든 상태였다는 점은 사실입니다. 선대 로벨 자작 부부가 마차 사고로 돌아가신 후, 페이트린 5가문의 나머지 네 가문은 그 기회에 로벨 가를 없애버리려고 안달이 나 있었습니다. 키리안 님은 이미 성인이셨지만, 갑작스러운 일에 동요하셔서 어쩔 도리가 없이 저택과 영지의 권한을 빼앗길 처지에 놓이셨습니다."

키리안이라는 아들이 있었기 때문에 로벨 가는 처지가 그나마 좀 나았다. 딸밖에 없는 집안이 이런 불행에 처했을 때는 재판에 져서 권한을 전부 빼앗기는 일도 드물지 않았다.

"그런 때 쓸데없는 참견이라고 생각했습니다만, 제가 상황이 잘 정리되도록 약간 조언을 해드렸지요. 그와 함께 소소한 원조를 해드렸습니다. 다른 네 가문 분들도 지금은 키리안 님을 인정해주신 것 같더군요."

어제 무도회에서 알리시아에게 들으라는 듯이 비아냥을 던지고 갔던 파제스 가와 드레이 가 사람들 얼굴을 뇌리 한구석에 떠올리면서 알리시아는 생긋 미소를 지었다.

"어머나, 지스칼드 님은 매우 상냥하고 시원시원한 분이시군요. 그럼 키리안 님의 후견인이 돼주셨나요?"

"아뇨. 이미 성인이신 분께 후견인으로 붙는 건 실례되는 행동입니다. 저는 그저, 로벨 가 남매분들이 금전적으로 불편함 없이, 다른 가문에 바보 취급당하는 일 없이 지내실 수 있기를 바랐을 뿐입니다."

"그래서 페이트린 저택을 사들이려 하시는군요."

"예. 역시 지방백 저택을 손에 넣으면 주변에서 보는 눈도 바뀔 테니까요. 알리시아 님이 애착을 갖는 저택이라는 사실은 압니다만…… 물론 당신은 언제라도 놀러 오셔도 상관없습니다."

대범하게 미소 짓는 지스칼드가 이끄는 대로 녹색 미로 속을 나아가던 알리시아의 시야가 갑자기 탁 트였다.

어느샌가 정원의 중앙에 있는 화단으로 빠져나왔다. 눈부시게 쏟아지는 햇살을 받으며 선명한 색채를 자랑하는 꽃으로 가득 메워진 화단을 보고 알리시아는 호오 숨을 내쉬었다.

다른 꽃들도 각각 아름다움을 피로하고 있었지만, 이 화단의 주역은 탐스럽게 핀 진홍색 장미였다. 크고 아름다운 꽃잎이 햇빛을 투과해 보석처럼 빛나고 있었다.

"어머, 도…… 음 그러니까 정말 멋지네요. 정말로 도, 아니 정말 아름다워요."

'돈'이라는 단어를 입 밖에 내길 피하려는 알리시아의 입에서는 어색한 감상이 흘러나왔다. 그것을 본 지스칼드는 만족스러워했다.

"그럴 겁니다. 아즈베르그 지방에서는 이런 꽃을 별로 볼 수 없다고 들었습니다. 때로는 페이트린 지방에 돌아오시는 것도 좋으시죠? 그렇게 기뻐하시다니 실력 좋은 정원사를 고용한 보람이 있습니다."

"그렇군요……. 고맙습니다. 지스칼드 님. 정말로 상냥한 분이시군요."

라이센 저택 뒤편의 꽃이 피지 않는, 폐허가 된 장미 정원이 뇌리를 스치는 것을 의식하면서 알리시아는 중얼거렸다. 그러는 사이, 문득 다른 일이 머릿속에 떠올랐다.

"하지만 지스칼드 님은 라그라드르 분들은 싫어하시죠?"

라그라드르라는 이름을 듣기가 무섭게, 스스로 빛을 내뿜는 태양처럼 빛나던 지스칼드의 미모에 어두운 그림자가 드리워졌다.

"……라이센 강공작은 라그라드르인과 교류가 있다더군요."

"예. 이전부터 아즈베르그 지방에는 라그라드르 분들이 자주 걸음을 하셨던 모양이에요. 카슈반 님의 검술 스승도 라그라드르 분이시랍니다. 그래서 카슈반 님의 싸우는 방식은 살짝 용병스러운 구석이 있긴 하지만, 매우 강하시답니다."

카슈반의 그다지 공작답지 못하게 싸우는 모습을 떠올리며 알리시아는 흐뭇하게 말했다. 그런 알리시아의 말에 지스칼드는 엄숙하게 중얼거렸다.

"발로이 렉산드르, 말이군요. 다른 용병단과 공모해서 실딘 왕국의 이름 높은 귀족에게 접근한 후, 서로 담합해서 싸움을 질질 오래 끌어 이익을 탐하는 비열한 남자지요."

차가운 눈동자. 차가운 목소리.

온기를 잃어버린 지스칼드의 얼굴은 원래부터 눈부시게 화려하고 아름다운 만큼 더할 나위 없이 차갑고 위압감이 넘쳐 보였다.

"물론 당신의 남편은 깊은 뜻이 있어서 그자들과 교류를 유지하고 있을 테지요. 하지만 검 스승이라니 말도 안 됩니다. 알리시아 님, 그런 말은 다른 사람에게는 해서는 아니 됩니다."

"……저…… 기, 죄, 죄송합니다."

일반인과 비교해서 한없이 둔한 알리시아조차도 지스칼드가 내뿜는 위압감에 저도 모르게 얌전해지고 말았다.

"아뇨, 매서운 어조로 말씀드린 점, 실례했습니다. 죄송합니다. 이 결례는 언젠가 반드시 갚겠습니다."

바로 정중하게 사죄를 한 지스칼드의 얼굴은 온화하고 아름다워서, 여느 때 모습으로 돌아와 있었다.

"조금 더 걸을까요."

"예에……."

지스칼드가 권하는 대로 화단에서 벗어나 알리시아는 다시 녹색 산울타리 사이로 나아갔다.

"—알리시아 님은 이 나라의 현재 상황을 어떻게 생각하십니까?"

갑자기 그런 질문을 받아 알리시아는 눈을 동그랗게 떴다.

"실딘 왕국의 현재 상황, 말씀이신가요? 음 그러니까……."

갑자기 그런 질문을 받아도 규모가 너무 커서 뭐라 대답해야 할지 알 수 없었다.

"나라 전체의 일은 잘…… 페이트린은 제가 시집갔을 때와 다름없이 밝고 채소도 잘 자랄 것 같네요."

소박한 알리시아의 대답에 지스칼드는 작게 웃었다.

"그럴 겁니다. 원래 실딘 왕국의 국민은 다들 자신이 태어나 자란 토지밖에 잘 모르지요. 다른 곳에 대해서는 알려고 들지 않습니다."

아몬드형의 푸른 눈동자에서 타오르는 뜨거운 정열의 불꽃.

오델 후작은 지방백과 나라의 장래를 걱정하고 있다……. 또 다시 카슈반의 말이 뇌리를 스쳤다.

"몇 개의 지방이 모여서 나라의 형태만큼은 유지하고 있습니다만, 실딘 왕국의 실태는 수많은 소국의 집합체입니다. 각지에 영주라는 이름의 왕이 있는 상태지요. 왕가에 대한 존경심도, 신뢰도 약합니다. 특히 국왕령에서 멀리 떨어진 토지의 귀족들은 빈둥거리며 국왕 폐하의 명령을 흘려들을 뿐, 그 명에 따르려 하지 않습니다."

강혼한 왕녀를 아내로 두어 왕가와 깊은 관계를 맺은 지스칼드는 한층 더 그런 생각이 들지도 몰랐다. 그의 어조에서 초조함이 느껴졌다.

한편, 알리시아는 그런 설정이면 대개 국왕의 측근 중에서 배신자가 나오곤 하죠. 이런 생각을 하고 있었다. 알리시아가 그런 생각을 하고 있으리라고는 꿈에도 생각하지 못한 채 지스칼드는 말을 이었다.

"거기에 라그라드르인과 '날개의 기도' 교단이라는 귀찮은 이웃까지 있습니다."

조금 전, 차가운 혐오의 빛을 감추려 하지 않았던 라그라드르인과, 자신과 손을 잡았을 터인 '날개의 기도' 교단을 지스칼드는 '귀찮은 이웃'이라고 하나로 싸잡아 말했다.

"어머, '날개의 기도' 교단 분들은 실딘 국내에 본거지를 두고 계신가요?"

이웃이라는 단어가 신경 쓰여 질문한 알리시아에게 지스칼드는 '저도 잘 모릅니다'라며 불쾌하다는 어조로 대답했다.

"'날개의 기도' 교단은 실딘 왕국만이 아니라 근처 몇 개국에 걸쳐 영향력을 끼치고 있습니다. 그리고 그 영향력을 유지하기 위해 자신들의 본거지가 있는 장소를 절대 누설하지 않습니다. 소문으로는 그곳에 성녀 아셸도 있다고 하더군요."

성녀 아셸. '날개의 기도' 교단의 가르침의 근원을 이루는 소녀의 이름이다.

몇백 년도 더 전, 아무도 신을 믿지 않던 시대에 오로지 혼자서 신앙을 관철했다가 박해를 받은 소녀. 벼랑 끝까지 몰린 소녀가 바다를 향한 절벽에서 몸을 던진 그때, 신은 아셸의 등에 날개를 달아주었다.

아셸은 날개의 힘으로 신이 사는 천상의 낙원 더 높은 나라로 날아갔다. 그때 아셸을 지원해주었던 소수의 사람이 현재에 와서는 왕족과 귀족의 선조이며, 아셸을 박해하고 신을 믿지 않았던 자들이 평민층의 선조라고 한다.

"어머…… 아셸 님은 정말로 계시나요?"

"'날개의 기도' 교단은 그렇게 말하고 있습니다. 제가 그들과 손을 잡은 듯이 보였던 이유 중 하나는 그 진위를 확인하기 위해서였습니다."

전설상의 인물인 아셸이 '날개의 기도' 교단 본거지에 실재한다는 얘기는 이전에도 들은 적이 있었다.

그러나 루아크는 그것이 가짜 날개를 짊어진 가짜 성녀라고 말했다.

"'날개의 기도' 교단은 몇 개국에 걸쳐 영향력을 발휘하기 때문에 나라 중 어느 한 곳이 극단적으로 큰 국력을 가지는 걸 싫어하는 경향이 있습니다. 그들을 배제하고 나라들끼리 직접 친교를 깊이 하는 것도 싫어하죠."

생각에 잠긴 알리시아를 관찰하는 시선을 보내면서 지스칼드는 이야기를 계속했다.

"현재 실딘 왕가와 '날개의 기도' 교단은 서로 손을 잡고 실딘 왕국을 절대 왕정이 지배하는 강한 나라로 만들려고 하고 있습니다. 하지만 제 눈에는 이런 미래가 보이는군요. 절대 왕정으로 통일된 국가— 그러나 실태는 '날개의 기도' 교단이 속삭이는 말에 조종당하는 인형과도 같은 왕이 왕위에 앉은 나라."

침통한 표정으로 한 번 눈을 감고, 지스칼드는 홀연히 멈춰서서 알리시아를 바라보았다.

"한편으로 라그라드르인은 '날개의 기도'를 믿지 않습니다.

……그들은 바다를 두려워하지 않고, 생선을 즐겨 먹으며, 배에 올라 아무렇지도 않게 다른 나라로 돈을 벌러 간다고 하더군요."

생전에 선행이 부족해 더 높은 나라에 다다르지 못한 '날개의 기도' 신자가 가라앉는 물 밑 왕국은 바다 밑에 있다고 한다. 그 때문에 특히 경건한 신자들은 바다에서 나는 식재료를 일체 입에 대지 않는다.

"라그라드르인은 실딘 왕국이 지금 이대로 통합되지 않길 바랍니다. 내부에서 사소한 분쟁을 반복하는 상황에 놓여 있는 편이 더 기쁘겠죠. 전투가 없으면 용병은 먹고살 수 없으니까요."

그것은 카슈반과 디네로를 서로 싸우게 하려고 획책했던 발로이의 말에도 담겨 있던 내용이었다.

"라그라드르인과 '날개의 기도' 교단, 쌍방 다 실딘 왕국의 미래는 생각하지 않을 겁니다. 이 나라의 미래는 이 나라 사람이…… 성녀 아셀을 비호했던 우리가 생각하고 지켜야만 합니다."

"어 그게…… 하지만 '날개의 기도' 교단 분들도 아셀 님을 비호하고 계시지 않나요?"

그 때문에 '날개의 기도' 교단이 존재하지 않냐고, 순수한 의문을 입에 담은 알리시아에게 지스칼드는 살짝 쓴웃음을 지어 보였다.

"알리시아 님. 분명히 '날개의 기도' 교단에는 귀족의 피를 이은 분들도 많이 계십니다. 하지만 그중에는 선조로부터 이어지는 죄를 갚고자 농민층에서 교단에 입단한 사람도 많이 있답니다. 그리고 그 가운데에는 단순히 빈곤한 생활에서 도망치고 싶었을 뿐인 사람이나, 자신이 가르침을 주는 쪽이 되었다고 착각하는 자도 있는 듯합니다."

"어머…… 그런가요."

알리시아가 알고 있는, 주변에 있는 사람 중에서 신자를 떠올려 본다면 티르나드의 전 후견인이었던 성직자 유란이나, 매일같이 열심히 기도를 올리는 트레이스를 들 수 있었다.

그 두 사람만을 보는 한, 지스칼드의 말은 바로 와 닿지 않았다. 그러나 알리시아가 좋아하는 소설에는 성직자라는 입장을 이용해 비도덕적인 일을 꾸미는 자도 많이 나온다. 다만 '날개의 기도' 교단에게 밉보이기 두려워서인가, 소설에서는 성직자들이 숭배하는 가르침에 대해서는 대부분 애매하게 기술하고 있었다.

"물론 저는 경건한 '날개의 기도' 신자입니다. 하지만, 그렇기 때문에 지금의 '날개의 기도' 교단의 방식을 용서할 수 없습니다. 제 말을 이해하시겠습니까?"

"예에……."

달리 어떤 말도 하지 않고 알리시아는 고개를 끄덕였다. 그런 알리시아에게 지스칼드는 안타까운 미소를 띠어 보였다.

"—알리시아 님은 저를 나쁜 남자라고 생각하시겠죠."

"예에……. 아, 엣. 아뇨!"

무심코 고개를 끄덕여버린 알리시아는 당황해서 고개를 가로저어 부정했다. 그러나 지스칼드의 표정은 개지 않았다.

"제가 방금 '날개의 기도' 교단과 손을 잡았던 것은 겉보기로만 그랬다고 말씀드렸는데도, 당신은 놀라는 기색을 보이지 않았습니다. 제가 라이센 강공작에게 어떤 이야기를 했는지 조금은 들으셨지요?"

정확히는 루아크가 멋대로 떠들어댄 단편적인 정보를 알고 있을 뿐이다. 그러나 지스칼드가 '날개의 기도' 교단과 표면적으로만 손을 잡았다 사실, 그가 카슈반에게 협력을 요청했다는 사실, 엘릭스와 얽혀 일어났던 사건을 '시련'이라고 칭하고 있다는 것은 요 전날 들었다.

"그게…… 조금은요."

"틀림없이 싫은 남자라고 생각하셨을 겁니다. 그러나 라이센 강공작이 그렇게 해왔듯이, 때로는 큰일을 도모하기 위해 막무가내이고 오만한 태도를 보여야 할 때가 있습니다. 그런 것을 당신의 남편은 별로 좋지 않게 받아들이고 있다는 점은 잘 압니다. 그러나 전부 왕가와 지방백이 정통 지배자로서 군림하는 올바른 세상을 위한 것."

지스칼드의 하얀 손이 뻗어와 알리시아의 오른손을 잡았다.

무도회 밤에는 고급스러운 장갑에 싸였던 알리시아의 손은 오랜 세월 물일과 밭일을 해온 탓에, 어지간한 고용인의 손보다 더 거칠었다. 그 점을 확인한 지스칼드는 애처롭다는 듯이 표정을 일그러뜨렸다.

"알리시아 님. 서쪽의 크루세쥬 왕국에서는 절대 왕정을 실현해 성직자가 함부로 정치에 참견하지 못하게 했습니다. 그 탓도 있어서 '날개의 기도' 교단은 입으로는 절대 왕정으로 실딘 왕가의 힘을 강대하게 하자고 말하면서, 뒤에서는 국왕 폐하께 달콤한 말을 속삭여 자신들의 꼭두각시로 만들려고 필사적입니다. 이대로는 제가 우려한 사태가 현실이 돼버릴 것입니다."

서쪽의 대국 이름을 입에 올리며 지스칼드는 빛나는 눈으로 물끄러미 알리시아를 바라보았다.

아프지 않을 정도의 힘으로 알리시아의 손을 잡은 그 손은 우아한 인상과는 달리 크고 힘이 강했다. 그대로 끌어 당겨져 가슴에 안기는 망상을 해보지 않은 소녀는 없을 것이다. ……알리시아 이외에는.

"어 그게, 그러네요. 그럼 곤란하겠어요. 우리도 두 번 정도 '날개의 기도' 교단 분들께 살해당할 뻔하기도 했으니까요."

뭐가 뭔지 잘 알 수 없는 중에도 알리시아는 나름대로 맞장구를 쳤다. 지스칼드는 그 말을 무시했다.

"알리시아 님. 가능하다면 당신도 라이센 강공작을 설득해주셨으면 좋겠습니다. 저와 손을 잡고 오직 한 사람의 왕이 통솔하는 강력한 왕가를 만들었으면 좋겠다고."

알리시아의 손을 꼭 쥐고 그렇게 부탁한 지스칼드는 알리시아의 거칠어진 손바닥을 살며시 쓰다듬으며 말을 이었다.

"……그러나 이것이 지나친 바람이라면 부디 당신 가슴에 담아주십시오. 실례되는 말씀입니다만…… 라이센 강공작은 당신의 말을 진지하게 들어주시나요? 당신의 이 거칠어진 손을 그대로 방치하는 그분은."

"……그건."

알리시아는 거칠어진 손을 그대로 방치하는 게 아니었다. 본가에 있을 때보다는 집안일을 하는 기회가 줄어들었기 때문에 더는 손이 거칠어지지 않았다. 그런 일은 신경도 쓰이지 않았다.

그러나 카슈반은 최근 알리시아에게 그다지 이야기를 해주지 않는다. 만지지도 않는다.

지스칼드와 어떤 이야기를 했는지도 루아크가 멋대로 주저리 주저리 떠들지 않았다면 가르쳐주지 않았겠지.

대화를 전부 거부하고 침대에 앉아 미동조차 하지 않던 카슈반의 등을 떠올리자 계절에 맞지 않는 북풍이 부는 듯이 몸이 차갑게 식는 것 같았다.

몸을 작게 떨고는 알리시아는 생각에 생각을 거듭한 끝에 대답했다.

"하지만 저……. 카슈반 님이 사주셔서 무척 기쁘게 생각한답니다……."

질문과 맞지 않는 동문서답을 듣고, 잠시 후 지스칼드가 한숨을 쉬었다.

"—라이센 강공작은 행복한 사람이군요."

"아뇨. 오히려 제가 카슈반 님 덕분에 행복해졌답니다. 그게 카슈반 님은 부…… 아, 아뇨."

'부자'라고 입을 놀릴 뻔했던 알리시아가 입술을 누르는 광경을 보고 지스칼드는 포기한 듯 손을 놓았다.

"당신이 그렇게 감싸는 것 자체가 라이센 강공작이 행복한 사람이라는 증거라고 생각하는데 말이지요."

쓸쓸하게 중얼거리고는 지스칼드는 알리시아를 미로의 출구로 이끌었다.

"제 이야기를 진지하게 들어주셔서 감사합니다, 알리시아 님. ……에르티나 님은 나라의 미래에 그다지 관심이 없으신 모양이어서, 알리시아 님께 지나치게 이야기를 많이 해버리고 말았습니다."

"아, 아뇨. 죄송합니다. 제게 정치 이야기는 좀 어려워서요. 사실은 그냥 듣고만 있었는걸요."

미안해하는 알리시아에게 지스칼드는 당치도 않다고 말하며 미소를 지었다.

"푸념 섞인 재미없는 이야기를 들어주셨다는 것만으로도 충분합니다. 괜찮으시다면 다음에 또 이런 기회를 기대해도 좋을까요? 물론, 당신이 싫지 않으실 때 이야기입니다만."

"예. 상관없습니다만……."

바로 다음 약속을 잡으려는 지스칼드에게 알리시아가 고개를 끄덕였다. 그때, 알리시아의 시야를 검은 그림자가 스치고 지나갔다.

"알리시아."

놀란 듯이 목소리를 높인 사람은 조식회가 끝나고 헤어진 후로 한 번도 얼굴을 보지 못했던 카슈반이었다.

그리고 그 옆에는 아까 전 도서관에서 만났던 에르티나가 있었다.

"어머, 카슈반 님. 안녕하세요. 두 분 뭘 하시는 거죠?"

순진한 알리시아의 질문에 카슈반은 거북한 듯이 시선을 돌렸다. 소리 없이 웃은 에르티나가 알리시아의 질문에 대신 대답해주었다.

"지루해져서 당신들 흉내를 내서 함께 정원 산책이나 할까 해서요. 그렇죠? 카슈."

카슈반의 애칭인 '카슈'라는 이름을 달콤한 목소리로 부르며, 에르티나는 카슈반과 팔짱을 끼었다.

그 광경을 본 순간, 뱃속에서 뭔가가 꿈틀거리는 감각이 피어올라 알리시아를 덮쳤다.

"……어머?"

여느 때 '배가 아픈' 감각과는 다른, 지금까지 느껴본 적이 없는 감각에 알리시아는 곤혹스러워했다. 그러는 알리시아의 귀에 벌레를 씹은 듯한 얼굴을 하던 카슈반의 목소리가 와 닿았다.

"……오델 후작 부인, 그만두십시오."

"괜찮잖아요. 저기 지스. 그 양산, 이제 쓰지 않을 거라면 좀 빌려줄래요?"

"……예. 에르티나 님."

당당하게 다른 남자와 팔짱을 끼고 선 아내의 요구에 지스칼드는 알리시아에게 씌워주었던 양산을 건네주었다.

"자, 카슈. 양산을 좀 씌워줄래요?"

"……알았습니다."

마지못해 대답한 카슈반이 자연스럽게 에르티나의 팔을 떼어 놓으며 에르티나에게 가느다란 양산을 씌워주었다.

지스칼드와는 달리, 카슈반에게 양산은 정말이지 어울리지 않았다. 그 양산 그림자에 들어간 에르티나는 '그럼 실례할게요'라고 우아하게 웃으며 인사하고는, 산울타리 속으로 들어가 버렸다.

"—이런 이런, 바로 라이센 강공작과 즐기고 계시는군요."

지스칼드는 한숨을 한 번 쉬고는 멍하니 두 사람이 사라진 방향을 보던 알리시아에게 사죄했다.

"죄송합니다, 알리시아 님. 에르티나 님은 변덕스러운 분이시라서요."

"아. 아뇨. 당치도 않답니다. 저희야말로 제 남편이, 어 그러니까, 신세를."

무슨 말을 해야 할지 몰라서 알리시아는 앞뒤가 맞지 않는 대응을 했다.

"마님, 보셨나요? 지금 그 광경?! ……앗!"

발끈한 모습으로 다가온 노라가 지스칼드를 알아차리고 놀라서 자리에 멈춰 섰다.

"시, 실례합니다. 혹시 방해되었다면 저는."

"아니. 상관없다. 나도 마침 실례하려던 참이니까."

살짝 겁먹은 얼굴을 하는 노라에게 지스칼드는 그렇게 말하고 다시 알리시아에게 정중하게 인사를 했다.

"그럼 알리시아 님. 저는 이만 실례하겠습니다. 이 뒤에 키리안 님과 만날 약속을 해놓아서 말입니다."

"예. 그럼 안녕히 가세요, 지스칼드 님."

알리시아는 미소를 지으며 지스칼드를 배웅했다. 그런 알리시아의 옆으로 노라가 겁먹어서 조심조심 가까이 왔다.

"……정말로 방해한 게 아니었나요?"

아까 지스칼드가 냉랭한 태도를 보여서 어지간히 무서웠는지 노라가 조심스러워하는 기색으로 물었다. 알리시아는 웃으면서 고개를 저었다.

"괜찮아요. 정원 산책은 끝났으니까. 지금은 카슈반 님과 오델 후작 부인이."

"그거예요, 그거! 아아, 진짜. 마님. 왜 아무 말씀도 하지 않으시죠?!"

노라가 빨간 머리를 흐트러뜨리며 여느 때 모습으로 아우성치기 시작했다. 그런 노라를 알리시아는 신기한 듯이 바라보았다.

"무슨 말을 하면 되는데요?"

"아무리 전 왕녀 전하라고 해도요. 그분, 갑자기 방에 찾아오시더니 카슈반 님을 붙잡아서는 그대로 이곳까지 끌고 오셨단 말이에요?! 예의 애인 같던 남자도 어처구니가 없어 했고 말이죠. 그것보다 카슈, 카슈라니 대체 뭐죠?!"

"카슈는 카슈반 님 애칭이에요."

"그정도는 알고 있습니다! 아아아, 진짜 카슈반 님이 섣불리 거스르지 못한다는 점을 이용해서 자기 하고 싶은 대로 굴고 있잖아요, 저분! 정말이지 부부가 하나같이…….”

노라는 지스칼드가 말한 대로 '꿈의 왕자님'을 방에 갖다 두러 갔다가 에르티나와 마주쳤던 모양이었다. 뭐라고 할 수도 없고, 그렇다고 그냥 놔둘 수도 없어서 뒤를 쫓아온 듯했다. 그 결과, 알리시아랑 지스칼드와 정면으로 마주친 모양이었다.

“마님도 정신 차리세요! 아무리 형식상 부부라고는 해도 당신은 카슈반 님 정실이라고요! 그런데 카슈반 님이 유부녀에게 애인 같은 취급을 받는데 분하지도 않으신가요?!”

“……분하다…….”

카슈반을 애칭으로 부르는 에르티나를 봤을 때, 뱃속에서 뭔가 꿈틀거리는 듯 느껴졌는데 그것이 '분하다'는 감정일까.

“분한 걸, 까요……? 하지만 저, 분하다고 생각한 적이 별로 없네요…….”

심각하게 생각에 잠기는 알리시아를 머뭇머뭇 부르는 목소리가 들려왔다.

“저, 저기…… 알리시아 님.”

가느다란 목소리에 알리시아는 뒤를 돌아보았다. 뒤를 돌아본 알리시아의 시선 끝에 서 있는 사람은 시이르였다. 밝은 색상인 붉은 드레스로 몸을 감싼 시이르는 얼굴빛도 나쁘지 않은고, 생각보다 건강해 보였다.

“어머, 시이르 님. 몸은 괜찮아지셨나요?”

“예…… 이제는요. 저기……. 그것보다.”

그렇게 말한 시이르는 어젯밤에 그랬듯이 또다시 온몸을 꼬기 시작했다.

“죄송해요. 일부러 이런 곳까지 오시게 해서.”

미안하다는 기색이 완연한 시이르와 함께 작은 차 테이블을 둘러싸고 앉은 알리시아는 방긋 미소를 지었다.

“아뇨. 당치도 않아요. 마침 목이 마른 참이었고, 다과회에 초대를 받은 적이 무척 오랜만이어서 기쁘답니다.”

시원한 바람이 불어 드는 발코니에 눈길을 주면서 알리시아는 진심으로 말했다.

갑자기 말을 걸어온 시이르가 알리시아를 데려온 곳은 본관 저택 2층 구석에 있는 작은 방이었다. 방 절반이 발코니로 되어 있는 방에서 알리시아가 조금 전까지 있었던 정원의 경치도 잘 보였다.

그러나 카슈반과 에르티나로 추정되는 모습은 보이지 않았다. 어제 무도회에서 그랬듯이 시이르는 몸을 배배 꼬면서 좀처럼 이야기를 꺼내지 못했다. 알리시아는 그런 시이르를 잠시 지켜보았고 그사이에 어딘가 먼 곳으로 이동했을지도 몰랐다.

“마님.”

양산이 움직이는 모습이 보이지 않을까 해서 저도 모르게 한 점을 응시하던 알리시아는 등 뒤에서 노라가 부르는 목소리가 들려 퍼뜩 정신을 차렸다.

조금 전까지 급히 다과회 준비를 하던 로벨 가 하녀들은 이미

모습을 감추었다. 실내에는 시이르와 노라, 알리시아만이 남아 있었다.

"……저도 물러날까요? 이 저택은 고용인의 예의에 엄격하니까요."

"예? 그편이 좋을까요? 시이르 님."

노라의 말에 놀란 알리시아가 그렇게 묻자, 시이르는 아니요라며 고개를 저었다.

"이쪽이 그…… 강공작의, 애, 애인…… 이죠? 하지만 알리시아 님과는 친한 것 같고…… 또 시녀 같은 역할도 하는 모양이니까요."

"예. 시녀라고 해야 할까요, 노라는 저의 소중한 친구랍니다. 줄곧 나이가 비슷한 친구가 없어서 노라가 저와 사이좋게 지내줘서 정말로 기뻐요. 그렇죠? 노라."

"……뭐, 마님이 그렇게 말씀하신다면야."

기분 탓인지, 안도한 듯한 노라를 등 뒤에 세워둔 채 알리시아는 시이르를 돌아보았다.

"그런데 시이르 님. 하고 싶으신 얘기가 뭐죠?"

알리시아가 재촉하자 시이르는 뜻을 굳힌 모습으로 무도회가 있었던 밤에 했던 것과 비슷한 이야기를 꺼내 들었다.

"알리시아 님에게는 지스칼드 님이 그, 매우 친밀하게 대해주시죠?"

"네? 아아, 그러네요."

별생각 없이 긍정하자, 시이르는 풀이 죽어서 눈썹 끝을 떨어뜨렸다.

“지스칼드 님은 오늘 제 문병을 와주셨답니다. 하지만 바로 용건이 있다고 말씀하시고는 나가버리셨죠……. 기분 전환 삼아서 이곳에서 차를 마시고 있으려니 정원에서 두 분이 사이좋게 계시는 광경이 보여서…….”

눈에 보이게 의기소침해진 시이르를 보고 알리시아는 겨우 눈치챘다.

“시이르 님은 혹시 지스칼드 님을 좋아하시나요?”

“엑. 에에엑?! 어떻게 아셨죠?”

“……모르는 게 더 이상하죠.”

노라가 몰래 지적했지만, 시이르는 붉게 물든 뺨에 손을 대고 부끄러워하기 시작했다.

“아, 알고 있어요. 지스칼드 님은 왕녀님을 부인으로 맞이하셨으니까요! 그러니까 저는 애인밖에 될 수 없다고…… 하지만…… 그래도 좋답니다.”

황홀한 어조로 말한 시이르의 눈동자가 다시 꿈을 꾸는 사람 특유의 눈이 되었다.

“지스칼드 님은 겨우 발견한 저의 지랄딘 님인걸요! 아버지와 어머니가 돌아가시고 저엉말 저엉말 불안했던 그때…… 나이가 쉰 살은 더 많은 머리숱 없는 남자와 결혼하게 될 뻔했던 그때, 씩씩하게 나타나신 지스칼드 님……. 세상에 인정받지 못하는 사랑이라 해도, 아니 그렇기 때문에 우리 감정은 아름답고 순수하답니다……!!”

뺨을 붉게 물들이고 한바탕 이야기한 후, 시이르는 다시 머뭇머뭇 알리시아에게 물었다.

"그래서 말인데, 저기…… 알리시아 님의 감정은 어떻죠?"

"제가 지스칼드 님에게 지니는 감정, 인가요? 음, 그게…… 싫지는 않답니다."

원래 알리시아는 사람을 싫어하는 일이 거의 없었다. 분명히 지스칼드는 이전에 알리시아를 죽이라고 명령을 내리거나, 엘릭스와 제다를 조종해 루아크가 카슈반에게 덤벼들도록 부추긴 것 같았다. 그러나 다행스럽게 아직 다들 살아 있었다.

"하, 하지만…… 라이센 강공작보다도 훨씬 상냥하고 멋진 분이죠? 어, 어제 여러모로 들은 바로는 남편 분께서는 제 생각보다 그…… 훨씬……."

"분명히 카슈반 님 평판이 그다지 좋지 못하다는 사실은 알고 있습니다. 하지만 그래도 저는 카슈반 님이 돈으로 사들인 아내인걸요. 다른 분을 그분 이상으로 좋아할 수는 없답니다."

미소를 지으면서 딱 잘라 말한 알리시아에게 시이르는 무척 감명을 받은 모양이었다.

"어머…… 얼마나 장한 분이신가……. 돈에 팔려온 아내면서 한번 남편이 된 분께 몸과 마음을 다하다니…… 정말로 안쓰럽네요."

알리시아의 대답은 시이르의 심금을 울린 모양이었다. 시이르는 깊이 머리 숙여 사죄하기 시작했다.

"어제는 정말 죄송했습니다. 라이센 강공작을 그, 짐승이라

불러서요. 하지만 분명히 그분도 따로 애인을 둔 자신을 일편단심으로 생각하는 알리시아 님에게 사로잡힐 날이 올 거예요."

뭔가 커다란 착각을 하고 있는 듯한 시이르의 위로에 알리시아는 방실방실 웃을 뿐이었다.

"아뇨. 괜찮답니다. 하지만 시이르 님은 정말로 지스칼드 님과 지랄딘 님을 좋아하시는군요. 저도 그 책을 한번 읽어봐야겠어요."

내친김에 '꿈의 왕자님'을 빌리고 싶다고 말하자, 시이르는 기쁜 얼굴이 되었다.

"물론이지요! 꼭 읽고 감상을 들려주시면 기쁘겠어요!! 읽어볼 만한 곳은 음 그게, 우선 서두에 지랄딘 왕자님이 이젤리아네 공주님을 향한 불타는 연정을 줄줄이 엮어내는 독백 부분. 그리고 1장에서 두 사람이 운명적으로 만나는 부분. 2장에서 그레이드에게 납치당할 뻔한 이젤리아네 공주님을 구출하기 위해 지랄딘 왕자님이 화려하게 활약하는 부분. 3장에서 비겁한 함정을 설치해 이젤리아네 공주를 납치하려는 그레이드를 지랄딘 왕자님이 간발의 차로 멋지게 격퇴하는 부분이랍니다. 에 그리고, 아! 삽화도 저엉말, 저엉말 멋있어요."

"어머, 이젤리아네 공주도 참 자주 납치당할 뻔하네요."

별 뜻 없이 맞장구를 치는 알리시아의 말에 이어 '전부 읽으란 말이네요'하고 노라가 중얼거렸다.

"예. 하지만 그때마다 지랄딘 왕자님이 씩씩하게 나타나 구해주시는 거예요! 진짜 진~짜 정말정말정말 멋있으니까, 알리시아 님도 꼭 읽어보세요!"

흥분한 나머지, 차 테이블 위로 몸을 내민 시이르의 동작에 알리시아도 살짝 놀랐다. 그런 알리시아를 보고 시이르는 뺨을 붉혔다.

"아, 그게…… 저……. 죄송합니다. 저, '꿈의 왕자님' 이야기를 할 수 있는 분과 처음 만났거든요. 너무 흥분해서, 죄송합니다."

"어머, 그런가요? 하지만 오델 후작 부인도 그 이야기는 재미있다고…… 읍읍."

"그, 그 얘기는 하지 않는 편이 좋겠어요, 마님. 쓸데없는 소리 하지 마세요!"

에르티나가 어떤 식으로 '꿈의 왕자님'을 평가했는지를 떠들게 내버려두지 않겠다는 정신으로 노라는 알리시아의 입을 막으며 필사적으로 화제를 바꾸었다.

"저는 책에는 그다지 흥미가 없지만, 마님이 종종 좋아하는 책 이야기를 하신답니다. 좋아하는 책을 사람들에게 권해주시기도 하고요. 그렇죠? 마님! ―자. 말씀하셔도 좋습니다!"

"읍. 예. 저도 정말 좋아하는 책은 다른 분들께 추천한답니다. 또 저도 책의 등장인물 중에 엄청 좋아하는 사람이 몇 명인가 있어요."

같은 책벌레로서 시이르의 기분은 알리시아도 충분히 알 수 있었다. 사교상 예의가 아닌 진심이 담긴 맞장구를 듣고 시이르는 천천히 방구석으로 걸어갔다.

"알리시아 님…… 괜찮으시다면 봐주셨으면 하는 게 있답니다."

부끄러워하면서 내민 것은 빛에 비쳤을 때 무늬가 떠오르도록 처리를 한 고급 종이 몇 장에 짧은 문장이 쓰여 있었다.

"이것은?"

"제, 제가 쓴, 시랍니다. 사실은 소설로 하고 싶었지만, 그 정도까지는 재능이 없기에…… 개인적으로 추천하고 싶은 시는…… 이 시, 랍니다."

소설이나 시집 낭독회는 다과회의 필수이자 기본 항목이다. 추천을 받은 알리시아는 시이르가 쓴 시를 읽었다.

「사랑스러운 지랄딘 님

금색의 머리카락을 휘날리며 하늘을 가로지르는 왕자님
반짝반짝 반짝반짝 눈부시고 달콤하네
마치 설탕 과자로 만들어진 것 같아
반짝반짝 반짝반짝 너무 달콤해 눈물이 나올 것 같다네
하지만 신기하게도 나의 눈물조차
반짝반짝 반짝반짝 빛나기 시작하네
자, 보렴. 마치 볕이 드는 양지와도 같아……」

"어, 어떤가요?"

불안한 듯이, 그러나 명백히 칭찬의 말을 기대하는 표정으로 시이르가 물었다.

"……어어…… 그게, 어떠신가요? 마님. ……그게, 감상은 '설탕 과자는 맛있답니다'는 내용 이외의 것으로 부탁드립니다."

기선을 제압해 말한 노라의 걱정과 달리, 알리시아가 가장 먼저 내뱉은 말은 지극히 상식적이었다.

"정말 멋있어요, 시이르 님."

진부할 정도로 평범한 반응에 노라가 안도한 것도 잠시.

"하지만, 그렇군요……. 조금 바꿔본다면, 좀 더 멋있어질지도 모르겠어요."

'어머, 알리시아 님이 첨삭해주시나요!' 하고 시이르가 기쁜 듯이 말했다. 그런 시이르의 기대에 응해 알리시아는 술술 이런 시를 읊었다.

「사랑스러운 목 없는 기사님

검은 옷을 휘날리며 밤을 질주하는 기사님
번쩍번쩍 번쩍번쩍 눈부실 정도의 증오
뼈와 피부만으로 이루어진 것 같네
번쩍번쩍 번쩍번쩍 너무 무서워서 눈물이 나올 것 같네
하지만 신기하게도 내 눈물조차
번쩍번쩍 번쩍번쩍 빛나는 검에 빨려 들어가
자, 보렴. 단순한 피 웅덩이가 되었네」

"꺄아아아아아아악?!"

"아아아아아! 마님, 대체 무슨 짓을 하시는 건가요오오오?!"

시이르는 절규했고, 노라는 낯빛을 바꾸며 알리시아를 추궁했다.

"어머, 안 되나요?"

"안 되고 자시고, 대체 뭔가요? 그거! 대체 뭐냐고요, 피 웅덩이라니!"

"이쪽이 기분 나쁜 분위기가 감돌아서, 좀 더 좋을 것 같아서요."

"그러니까 평범한 분들은 건물에서도, 시에서도 기분 나쁜 분위기를 추구하지 않는다니까요!"

여느 때처럼 마님에게 호통을 치는 노라의 목소리를 들으면서 시이르는 필사적으로 제정신을 차리려고 노력하고 있었다.

"아, 알리시아 님은…… 이전부터 여러모로 이야기를 듣고는 있었습니다만, 조금, 그…… 별난 분, 이시네요…… 그러니까 아즈베르그의 짐…… 아니, 라이센 강공작을 그렇게 한결같이 연모하실 수 있겠지요…… 라고 할까요, 당신을 아내로 맞이한 그분도 사실은 꽤 좋은 분일까요……?"

"예. 카슈반 님은 무척 좋은 분이시랍니다, 시이르 님."

저도 모르게 시이르가 흘린 말에 알리시아가 기쁜 듯이 반응했다.

"분명히…… 다른 분 저택에서 초야를 치를 뻔한 적도 있지만요."

"초, 초야를…… 다른 분 저택에서……?"

"예. 아아. 카슈반 님은 이전에는 사람들 앞에서 러브러브하는 걸 좋아하셨으니까, 다른 분 저택에서 초야를 치르고 싶으실지도 모르겠네요."

"사, 사람들 앞?! 사람들 앞에서 초야를?!"

저도 모르게 앞뒤 문장을 연결해버린 시이르를 알리시아는 한층 더 혼란스럽게 만들었다.

"아뇨. 정식 초야는 아직 치르지 못했어요. 하지만 저희, 벌써 아이가 둘이나 있답니다."

이 시점에서 노라가 겨우 알리시아의 입을 손으로 막았지만, 이미 때는 늦었다.

"아, 아즈베르그의, 변태…… 엣……?!"

한마디 중얼거린 시이르가 기절해서 차 테이블 위로 푹 쓰러졌다. 그것을 본 알리시아는 깜짝 놀라고 말았다.

"시이르 님, 큰일이야. 무슨 일이시죠?"

"무슨 일이시죠?가 아닙니다, 마님! 아 진짜, 누구 없나요?! 로벨 가의 아가씨가 또 몸이 안 좋아지셨어요!!"

고용인으로서 갖춰야 할 예의 따위 알 게 뭐냐, 라는 모습으로 노라는 알리시아를 버려두고 로벨 가 고용인을 부르러 갔다.

[제4장] 짐승의 사랑

눈을 뜬 순간, 눈에 날아들어 온 풍경이 날개 달린 괴물이 내려다보는 기분 나쁜 실내가 아니라 눈부신 여름빛이 쏟아지는 세련된 방으로 바뀐 지 벌써 5일째.

"일어났나?"

자다 일어난 것치고는 묘하게 명료하면서도 어딘가 나른한 카슈반의 목소리에, 침대 위에서 눈만 뜨고 있던 알리시아는 '예'하고 고개를 끄덕였다.

"어머 큰일 났네. 벌써 시간이 이렇게 되다니. 지스칼드 님과 아침식사를 같이하기로 했는데."

머리맡에 두었던 안경을 집어 올리며 알리시아는 서둘러 침대에서 내려오려 했다.

그러나 다음 순간, 갑자기 뻗어온 카슈반의 손가락에 잠옷 소매가 걸려서 벌렁 나자빠지고 말았다.

"꺅! 앗, 카슈반 님, 죄송합니다. 왜 그러시죠……?"

카슈반의 팔에 머리를 얹은 모습으로 알리시아는 놀라서 물었다.

"……미안하다. 잠결에 그만."

한동안 없었던 카슈반의 접근에 내심 '배가 아픈' 감각을 맛보는 알리시아를, 카슈반은 쌀쌀맞게 말하고는 일으켜주었다.

그대로 침대에서 내려온 카슈반에게는 트레이스가, 알리시아에게는 노라가 가까이 다가와 옷 갈아입는 걸 도와주었다. 이 뒤에 바로 지스칼드와 만나야 했기 때문에 노라는 알리시아에게 빈틈없이 화장도 해주었다.

대부분 준비를 끝낸 시점에 가볍게 문을 두드리는 소리가 들렸다. 노라가 '또요'라고 투덜거리면서 지스칼드가 보낸 시종을 맞이했다.

"……오늘은 장미 꽃다발이네요, 마님. 카드도 꽂혀 있어요."

그제는 레이스를 풍성하게 곁들인 호화로운 연분홍색의 드레스. 어제는 페이트린의 하늘처럼 선명한 푸른색의 사파이어가 달린, 가느다란 금줄로 된 목걸이.

'빚을 갚겠다'는 말을 증명하듯이 지스칼드는 매일같이 알리시아에게 선물을 보내고, 각종 이유를 붙여서 행동을 같이하려고 했다.

"어머. 지스칼드 님, 또 선물을 보내셨나요? 정말로 부자에 시원시원한 분이시네요."

느긋한 목소리로 말한 알리시아는 옆에서 장미 향기에 얼굴을 찡그리는 카슈반을 보면서 말했다.

"하지만 카슈반 님이 장미를 싫어하시니 곤란하네요. 이 카드에서는 '강공작 각하께도 잘 전해주십시오'라고 쓰여 있는데 말이죠."

"……마님. 다 알고 있으면서도 보냈다고요, 그분은."

노라가 의기소침한 얼굴로 중얼거렸지만 지스칼드가 무서웠는지 더는 아무 말도 하지 않고 장미 꽃다발을 들고 별실 쪽으로 갔다.

거기에 곤혹스러운 얼굴을 한 트레이스가 가까이 다가왔다.

"저…… 오델 후작 부인에게서 보낸 전언이 또 도착했습니다, 카슈반 님. 오델 후작과의 이야기가 끝나면 방에 들러주십사 하고……
어떻게 할까요?"

"……시간이 있으면 들르겠다고 전해라."

한층 더 얼굴을 찡그린 카슈반이 크게 숨을 내쉬고는 대답했다.

지스칼드처럼 선물을 보내오진 않았지만, 요즘 에르티나도 늘 카슈반을 이렇게 불러대고 있었다.

"저, 카슈반 님. 주제넘은 말을 드리는 것 같지만…… 이야기는 아직 끝나지 않으셨나요? 아즈베르그에 돌아가기 위한 시간까지 생각하면 업무가 꽤 쌓일 것 같습니다만……."

장미 꽃다발을 두고 돌아온 노라가 주인의 얼굴빛을 살피며 물었다.

그 말을 듣고 알리시아도 아침 햇살을 받아 한층 더 창백해 보이는 카슈반의 얼굴을 걱정스러운 기색으로 올려다보았다.

"그래요, 카슈반 님. 어젯밤에도 거의 잠을 못 주무셨잖아요."

어젯밤도, 그 전날 밤도 카슈반은 알리시아에게 등을 보인 채 침대에 누워 있었다. 하지만 잠을 자고 있진 않은 것 같았다.

그 이유 중 하나는 노라의 언급에도 있듯이 카슈반이 빈 시간을 이용해 아즈베르그 지방에서 보내온 시급을 요하는 일을 처리하고 있었기 때문이다. 로벨 가 체류가 길어지면서 카슈반은 아즈베르그에 전령을 보내 시급을 요하는 일을 페이트린으로 보내라고 시켰다.

그러나 일련의 일을 처리한 후에도 잠이 오지 않는지 카슈반은 줄곧 깨어 있었다. 어젯밤에는 시이르에게 빌린 '꿈의 왕자님'을 팔랑팔랑 넘겨보기까지 했다.

그리고 알리시아가 살짝 거리를 좁혀보려 하자, 고의인지 우연인지 그 넓은 등은 바로 침대 끄트머리로 도망쳐버렸다. ……분명히 아즈베르그와 비교해서 덥기 때문이겠지. 그렇게 스스로 수긍하고 있었기 때문에 오늘 아침 일에 이상하리만큼 가슴이 두근거렸다.

"식사도 별로 안 드셨잖아요. 카슈반 님, 괜찮으시다면 오늘 아침은 저와 지스칼드 님과 함께 드시지 않겠어요?"

"……오델 후작은 너와 둘이서 식사를 하자고 했잖아? 어차피 그 뒤에는 또 후작과 이야기를 해야 한다. 나와 하루에 몇 번이나 얼굴을 마주하면 별로 기쁘지는 않을 거다."

"그래? 지스칼드 형님은 카슈반 형님과 얼굴 마주하는 걸 꽤 즐기는 모양이던데."

그런 말을 하면서 날렵하게 천장에서 내려온 자는 의미심장한 미소를 띤 루아크였다.

"어머, 루아크. 좋은 아침이에요."

"안녕, 알리시아. 형님도 말이야. 이야기를 나누는 게 아니잖아. 그저 들볶고 있을 뿐인걸."

험악한 카슈반의 얼굴을 들여다보며 루아크는 도발하듯이 히죽거리면서 말했다. 트레이스가 경련이라도 일으킬 얼굴로 제지하려 했지만, 루아크는 제지하는 손을 슬쩍 빠져나갔다.

"카슈반 형님도 입이 험하지만 말이야, 지스칼드 형님도 보통내기가 아니던데. 그렇게 아름다운 얼굴로 차가운 눈을 하고 질척질척 잘도 물고 늘어지면서 아픈 데를 아주 그냥 콕콕 쑤시는데, 진짜 질리지도 않는 모양이야. 티르 도련님에게는 여전히 상냥하게 대하고 있지만, 역시 둔탱이 도련님도 슬슬 본성을 눈치채고 있나 봐, 아마도."
"어머, 루아크. 지스칼드 님도 형님이라고 부르네요."
문득 그 사실을 알아차린 알리시아가 묻자, 루아크는 웃으며 대답했다.
"아아, 응. 왠지 그 사람이 마음에 들어서 말이야. 현재 이 나라에서 그 정도로 귀족답게 구는 사람은 별로 없으니까."
알리시아는 변함없이 가벼운 농담을 해대는 루아크에게서 남편에게로 시선을 옮겼다.
"카슈반 님…… 카슈반 님은 지스칼드 님에게 괴롭힘을 당하고 계신가요?"
너무나도 솔직한 말에 카슈반은 표정을 숨겨 그 말을 그냥 넘겨버리는 데 실패한 듯했다.
눈썹을 찌푸린 채 침묵해버린 남편을 올려다보며 알리시아도 똑같이 미간을 찡그렸다.
"그럴 수가……. 그렇다면 저, 나중에 지스칼드 님께 말씀드리겠어요. 제 남편에게."
카슈반이 상냥하게 머리를 쓰다듬는 통에 나오던 말이 도중에 가로막혔다.
"알리시아. 너는 그런 일은 신경 쓰지 않아도 된다. 그저 오델 후작과 이야기를 하고 있을 뿐이야. 아즈베르그 지방과 오델 지방의 번영을 위해 우리가 앞으로 어떻게 해나가야 할지를."
알리시아의 뇌리에 산울타리 미로 속에서 지스칼드가 열심히 설명해주었던 일이 떠올랐다. 그리고 알리시아가 그때 일을 카슈반에게 이야기했을 때, '……그런가?'하고 카슈반이 건성으로 대답했던 일도.

—라이센 강공작은 당신의 말을 진지하게 들어주나요?

연민을 담아 지스칼드가 입에 올렸던 대사는 최근에 기묘하게 알리시아와 거리를 두려는 카슈반의 태도에 딱 들어맞는 것 같기도 했다.

"알았어? 나를 괴롭힌다는 이야기는 앞으로도 오델 후작에게 하지 말렴. ……너는… 너는, 그저 여느 때처럼 방긋방긋 웃으면서 오델 후작과 함께 있으면 돼. 그분은 널 꽤 마음에 들어 하시니까."

그렇게 말하면서 카슈반은 시선을 떨어뜨려 아내의 목에서 빛나는 사파이어를 바라보았다. 지스칼드에게 선물로 받았는데, 받은 걸 사용해줬으면 좋겠다는 말을 듣고 몸에 지니고 있었다.

사실은 연분홍색 드레스도 입어줬으면 좋겠다는 말을 들었지만, 알리시아는 자신이 가져온 오래된 드레스를 계속 입고 있었다. 지스칼드가 보내온 의상을 몸에 대보았을 때, 카슈반이 무척 괴로워 보였기 때문이다.

"물론, 네가 싫지 않다면 말이다. 싫다면…… 내가 오델 후작에게 말하지."

"아, 아뇨. 싫지는 않습니다……."

카슈반의 손이 머리카락에서 살며시 떨어지는 걸 느끼며 알리시아는 작게 고개를 저었다.

"내 탓으로 돌려도 돼, 카슈반 형님."

트레이스와 노라도 침묵하고 있는 가운데, 홀연히 루아크가 입을 열었다.

"네 탓?"

"나 따위는 전혀 모른다고 딱 잡아떼는 그 사람에게 내가 결국 울컥해서 덤벼들었다고 꾸며도 좋다는 말이지."

루아크와 '사이드'와 관련된 일에 관해 지스칼드는 여전히 이래저래 발뺌하며, 자신과 관련이 있다고 명쾌하게 딱 잘라서 말하지 않았다는 사실은 알리시아도 들어 알고 있었다.

그런 주제에 당당하게 알리시아에게 이렇게 말했다. '요 전날에는 바스틀 가 당주가 알리시아 님께 실례되는 행동을 한 것 같아 정말 죄송합니다. 오델 지방 영주로서 엘릭스 바스틀에게는 엄정한 처벌을 내리겠노라 약속드리겠습니다'라고 말이다.

"……그 사람과 같은 저택에 있는 나보고 암살자를 보내라고? 잠꼬대하지 마라. 금방 들통날 거다."

알리시아에게 지스칼드의 말을 전해 듣고 험악한 얼굴로 혀를 찼을 때와 똑같은 태도로 카슈반은 루아크의 제안을 일축했다.

"에이, 너~무해. 초일류인 내 실력으로는 식은 죽 먹기라고."

"그저 힘으로 굴복시키면 되는 상대라면 애초에 내가 했다. 어쨌든 그 안은 각하한다. 나는 티르나드와 아침을 먹으러 가겠어. 트레이스, 따라와라."

일방적으로 대화를 마친 카슈반은 트레이스를 데리고 밖으로 나갔다.

"나한테 전부 밀어놓고 모르는 척해도 좋다고 말했는데도. 트레이스 씨도 출신이라든가, 예의범절이라든가 함께 들볶여서 불쌍해."

어깨를 으쓱한 루아크는 조금 전 카슈반이 했듯이 알리시아의 목에서 반짝이는 목걸이를 쳐다보았다.

"오늘은 장미 꽃다발이라고? 선물 공세가 대단하네. 옛날부터 지나치게 귀족 취향에 집착하는 경향이 있었지만. 무엇보다 안목이 나쁘지 않다는 점이 더 밉살스러워."

"예. 그래요. 무척 아름다우시고, 돈도 무척 많…… 아, 안 되지. 돈 얘기를 하면."

알리시아가 무심코 돈 얘기를 할 때마다 지스칼드는 온화하게, 그러나 조금은 엄하게 충고하곤 했다.

요즘에는 알리시아도 많이 학습한 상태였다. 그래서 그가 눈앞에 없을 때도 그런 류 화제는 피하려고 했다.

"돈 이야기를 하지 않다니, 알리시아답지 않아서 재미없는걸. 뭐, 그것도 지스칼드 형님이 손을 썼나? 이 훌륭한 저택과 마찬가지지. 절대로 갚을 수 없는 은혜는 이따금 어설픈 폭력이나 협박보다 효과가 좋거든."

눈동자 속에 차가운 빛을 띤 루아크에게는 아랑곳하지 않고 알리시아는 시간을 신경 쓰기 시작했다.

"아아, 안 돼. 나도 가야겠어요. 배도 고프고, 지스칼드 님이 기다리시니까요. 노라, 가요."

"그럼 나도 따라갈게. 아, 신경 쓰지 마. 언제나처럼 제대로 모습을 숨기고 있을 테니까. 이 저택 구조도 대부분 파악했고."

농담하는 어조로 말한 루아크는 모습을 감추면서 이런 말을 남겼다.

"조심해, 알리시아. 그 사람, 상냥한 왕자님 연기도 슬슬 한계에 부딪혔나 보더라."

그 뒤, 조식회 자리에서 알리시아는 이국의 것이라는 진귀한 요리를 지스칼드에게 잔뜩 대접받았다.

'부디 사양하지 말고 드십시오'라는 말에 따라 알리시아는 정말로 조금도 사양하지 않고 테이블 위를 휩쓸었다. 그런 알리시아를 보는 지스칼드의 눈이 점차 차가워졌지만, 노라는 별실에서 대기하고 있었기에 알리시아를 제지하는 자는 아무도 없었다.

식사가 끝난 후, 지스칼드는 배가 볼록 나온 알리시아를 힐끗 보고 '라이센 강공작과 할 이야기가 있다'고 말하며 자리를 떴다. 그런데 기분 탓인지 자리를 떠나는 그의 발걸음이 매우 빠른 것 같았다.

다음 날. 쏟아지기 시작한 아침 햇살을 받으며, 알리시아는 침대 위에서 음냐음냐거리고 있었다.

"우우…… 웅, 지스칼드, 님……."

천천히 각성하는 가운데, 알리시아는 어제 행복했었던 조식회가 반영된 꿈을 꾸고 있었다.

꿈속에서 지스칼드는 진정한 '날개의 기도'의 신자는 생선을 먹지 않는다고 말하며, 생선 요리를 뺀 호화로운 풀코스를 권했다. 그런데 그런 지스칼드의 얼굴이 거대한 생선이 되어 있었다.

"정말…… 맛있어요……. 그리고 맛있어 보이는, 생선…… 어머……?"

끽 침대가 흔들리며 뭔가가 몸에 닿았음을 알아차린 알리시아는 완전히 눈을 떴다.

"아……, 카, 카슈반 님. 안녕히 주무셨어요……."

목덜미에 닿는 희미한 숨결.

알리시아 쪽을 향해 몸을 뒤척인 카슈반이 허리에 손을 두르고, 등에 몸을 딱 붙이고 있었다. 그것을 알아차린 알리시아는 '배가 아파' 왔다.

"카슈반 님, 또 아직 잠이 덜 깨셨나요……?"

카슈반은 알리시아의 허리를 안은 채 꼼짝하지 않았고, 인사에도 반응하지 않았다.

어젯밤에도 완전히 지친 얼굴을 하고서도 좀처럼 잠들지 못했던 남편의 커다란 손을 알리시아는 걱정스러운 마음을 담아 살짝 만졌다.

"피곤하시군요……. 그럼 제가 지스칼드 님에게 오늘 카슈반 님은 몸이 안 좋으시다고 말씀드리겠어요. 아아, 저 이제 가야 하는데요."

오늘도 지스칼드와 아침 식사를 같이하기로 약속했다. 알리시아는 몸을 일으키려 했다.

그러나 다음 순간, 그저 허리에 감겨 있기만 했던 카슈반의 팔에 꾸욱 힘이 들어갔다.

"가지 마."

귓가에서 속삭이는, 살짝 갈라진 낮은 목소리.

어딘가 괴로운 듯이 들리는 그 목소리를 듣는 순간, 알리시아의 빈약한 가슴 안에서 심장이 격렬하게 뛰기 시작했다.

"……카슈반 님……."

어정쩡한 자세로 굳어버린 알리시아는 머뭇머뭇 카슈반을 돌아보았다.

"카슈반 님이 그렇게 말씀하신다면, 저…… 꺄악!"

갑자기 허리에 둘렀던 손이 떨어지는 바람에 알리시아는 자세가 무너져 벌렁 자빠질 뻔했다.

카슈반이 아슬아슬하게 아내의 몸을 그러안아 붙들었다. 그러나 그 손은 또 금방 알리시아에게서 떨어졌다.

"—미안했다. 잠결에 잠꼬대를 한 모양이야."

담담한 목소리로 중얼거리기 무섭게 카슈반은 재빨리 침대에서 내려갔다.

"오델 후작과 또 약속했지? 그분은 시간에 깐깐하시다. 빨리 준비하는 편이 좋아. 또 나는 딱히 피곤하지 않으니까 신경 쓸 필요 없어."

"어머? 잠이 덜 깨셨던 거 아니셨나요?"

카슈반을 생각해 말을 건넸을 때, 카슈반은 의식이 없었던 상태가 아니었을까.

알리시아가 순진하게 지적하자 카슈반은 한순간 말을 잃었다. 이후 '그 말은 들었다'고 궁색하게 변명을 하고는 이야기를 흐지부지 끝내버렸다.

'가지 마'라고 말했던 카슈반의 잠꼬대가 귓가에서 떠나지 않았다.

"마님, 슬슬 도착할 겁니다."

대각선 뒤쪽에서 대기하던 노라가 작은 목소리로 속삭이는 소리에, 어느새 고개를 숙이고 있던 알리시아는 퍼뜩 제정신을 차렸다.

로벨 가 시종의 안내를 받아 붉은 융단이 깔린 복도를 걸어 지스칼드와 아침 식사를 들기로 한 곳으로 향하던 중이었다. 알리시아는 '내일은 조금 더 가벼운 요리로 하자'며 미묘하게 경련을 일으킬 듯한 표정으로 말하던 지스칼드의 얼굴을 회상했다. 그러며 오늘 아침의 꿈도 무심코 떠올리면서 기분 전환을 하려고 했다.

"그러네요. 오늘은 지스칼드 님이 뭘 먹여주실까요? 가벼운 요리라면 요리법을 배워서 나중에 카슈반 님께도 만들어드려야겠어요."

"그 얘기, 오델 후작에게는 안 하시는 편이 좋겠습니다. 마님. 집안일을 해서는 안 된다고 또 혼나실 테니까요."

소곤소곤 떠드는 사이에 이제는 완전히 익숙해진 느낌이 드는 식당에 도착했다. 로벨 가 본관 3층에 있는 이 방은 2층에 있는 큰 홀보다도 훨씬 더 허물없는, 사적인 모임에 사용하는 곳이었다.

그래도 충분히 호화로운 실내에 희미하게 좋은 냄새가 떠돌았다. 알리시아는 코를 킁킁거렸다.

그러나 시종이 인사를 한 번 하고 두꺼운 문을 열기가 무섭게, 안에서 눈물 섞인 소녀의 목소리가 들려왔다.

"왜 저하고는 식사를 같이해주지 않으시죠?!"

체면이고 뭐고 다 내던진 채 외치는 목소리는 시이르의 것이었다.

알리시아는 깜짝 놀라 중얼거렸다.

"어머, 시이르 님도 계신가요? 아직 몸이 회복되지 않으셨던 게 아니었나요?"

얼마 전의 '변태' 사건에서 아직도 회복하지 못하고 방에 틀어박혀 있다고 들었건만.

예상외의 사태에 허둥대는 시종의 옆으로 다가가서 알리시아는 실내를 들여다보았다.

"알리시아 님."

다소 거북한 듯이 이름을 부른 사람은 아침부터 어디 한군데 흠 잡을 데 없이 화려한 의상을 걸치고 있는 지스칼드였다.

그 가슴에는 시이르가 안겨 있었다. 시이르는 그의 가슴에 달라붙어 계속 외치고 있었다. 알리시아가 도착했다는 사실을 전혀 알아차리지 못한 것 같았다.

"제게는 건성으로 병문안을 와주시거나 기껏해야 꽃다발을 보내주시고 끝내셨으면서, 알리시아 님과는 매일매일 만나고 계시다니 어떻게 된 일이죠?! 저, 저는 그저……. 그저 하룻밤 애인이었을 뿐인가요?"

거기까지 말하고 시이르는 지스칼드의 곤혹스러워하는 얼굴과 그 시선이 향하는 방향을 알아차렸다.

"앗!"

문밖에 있는 알리시아의 모습을 확인하기가 무섭게 시이르는 얼굴을 빨갛게 물들였다.

알리시아도 시이르의 눈에 또 가득 담긴 눈물을 보고 숨을 삼켰다.

그 자리에서 꼼짝도 못 하는 알리시아를 시이르는 엄청나게 강한 증오를 담은 시선으로 노려보았다.

"아, 저기…… 시이르 님은 아직 몸이 완전히 회복되지 않으셔서, 지스칼드 님도 편히 쉬게 놔두자고 생각하고 계신 게 아닐까요……."

알리시아는 반사적으로 변명 같은 말을 입 밖에 냈다. 시이르는 그런 알리시아를 한층 더 매섭게 노려보았다.

한숨을 쉰 지스칼드는 시이르를 자신을 향해 돌려세우고는 얼굴을 자기 가슴에 갖다 대듯 끌어안았다.

"알리시아 님, 정말로 죄송합니다. 시이르 님이 이성을 잃고 계신 것 같습니다. 옆방에 식사를 준비시키겠으니 우선 그쪽에 가 계십시오. 저도 바로 따라가겠습니다. 거기 너, 알리시아 님을 기다리게……. 읏."

시종에게 명령을 내리려고 지스칼드가 방 밖으로 시선을 향하는 순간, 갑자기 발돋움한 시이르가 억지로 입술을 빼앗으려 했다.

다음 순간, 지스칼드는 더러운 것에라도 닿은 듯 얼굴을 일그러뜨리며 시이르의 손목을 붙잡아 난폭하게 떼어냈다. 손목을 잡은 힘이 어지간히 강했는지, 시이르의 손가락 끝이 애처로울 정도로 새하얗게 변했다.

"—기다리게 하지 말라고 말하는 소리가 안 들리는가?"

눈에 눈물이 그렁그렁한 시이르의 움직임을 봉한 채 날카롭게 명령하는 목소리에, 시종이 황망히 움직이기 시작했다. 알리시아와 노라도 어쩔 수 없이 그 자리에서 물러났다.

결국 지스칼드는 식사 자리에 나타나지 않았다.

"시이르 님은 지스칼드 님을 정말로 좋아하시는군요……."

방으로 돌아가기가 무섭게 호오 한숨을 내쉬는 알리시아에게 노라도 한숨 섞인 목소리로 동의했다.

"그런 것 같네요. 알맹이는 어찌 됐든 외모는 완벽한 왕자님이니까요. ……고귀한 공주님 이외에는 상대하지 않을 것 같은 점도 어떤 의미로는 매우 왕자님다우시네요."

이 자리에 없는 지스칼드를 두려워하듯이 작게 중얼거린 노라는 손님방 문을 가볍게 두드리고 나서 문손잡이에 손을 갖다 댔다.

"앗, 와앗! 기다려, 열지 마라!"

문 안쪽에서 티르나드의 목소리가 들려 알리시아는 일단 발을 멈추었다. 그러나 이미 문은 열렸고 실내 광경은 한눈에 들어왔다.

카슈반과 티르나드가 방 한가운데에서 서로 껴안고 있었다.

그런 두 사람을 트레이스와 세이그람이 방구석에 서서 지켜보고 있었다.

"어머, 실례했네요."

"기다려! 아니다, 알리시아. 오해다! 거기서 순순히 물러나지 말라고!!"

당황한 카슈반이 티르나드의 허리에 두르고 있던 손을 떼었다.

"자, 잠깐, 오해라니 대체 무슨 일이죠? 카슈반 님!"

알리시아를 대신해 노라가 카슈반을 물고 늘어졌다.

"오델 후작 부인과 찰싹 붙어계신다고 생각했더니, 이제는 레이덴 백작님인가요?! 이쪽저쪽 다 손을 대다니, 이래서는 아즈베르그의 변태라고 불려도 어쩔 수 없네요!!"

"……이봐, 어느새 내 평판이 거기까지 떨어진 거냐?"

역시 그 말을 그냥 간과할 수는 없었는지 카슈반이 진지한 얼굴로 되물었다. 그런 카슈반에게서 떨어지면서 티르나드는 얼굴을 새빨갛게 물들인 채 속사포처럼 말을 뱉어냈다.

"아니야. 오해다, 노라! 나는 그저, 라이센에게 댄스를 가르쳐주고 있었을 뿐이야!!"

"티르나드 님, 왜 그 암고양이에게 변명하시는 겁니까?"

세이그람이 차갑게 지적하는 데에도 아랑곳하지 않고 알리시아는 '댄스?'라고 중얼거렸다.

"……나는 춤을 추지 못해. 댄스를 배운 적이 없어."

알리시아의 시선을 피하려는 듯 얼굴을 돌리면서 카슈반은 체념한 모습으로 자백했다.

"하지만…… 앞으로 다른 귀족들과 교류를 하려면 춤을 춰야 하는 상황도 있을지 모르니까. 그러지 않으면 알리시아, 너도 창피를 당하게 될 테고."

지금까지 두 번, 알리시아와 춤추는 걸 거절했던 카슈반.

춤추는 법을 몰랐기 때문이었다는 사실을 알자 알리시아는 묘하게 안도가 되었다.

"어머…… 하지만 말씀만 해주셨다면 제가 가르쳐드렸을 텐데요. 물론 공짜로."

"……하지만 넌 남자 스텝은 모르잖아. 그 점에서 레이덴 백작 각하는 춤을 무척 잘 추시지. 내게 댄스를 가르쳐주겠다고 호언장담해주셔서 말이다."

어딘가 변명조로 말한 뒤, 카슈반은 뻣뻣한 태도로 티르나드를 잡아당겼다.

"들켰으니 별수 없지. 이봐. 멍청히 있지 말고 다음을 계속 가르쳐줘, 티르."

"엑, 우와. 시, 싫어! 너는 상관없을지 모르지만 나는 여자역이라고?! 적어도 역을 바꿔줘!!"

"남자 스텝을 배워야 하는데 내가 여자역을 해서 어쩌라고? 이봐, 도망치지 마."

알리시아와 노라의 시선을 신경 쓰면서 바둥거리는 티르나드를 난폭하게 끌어안은 카슈반은 문득 의아한 얼굴을 했다.

"그런데 알리시아, 오늘은 묘하게 빨리 돌아왔는데. 무슨 일이라도 있었나?"

"이봐! 얘기할 거면 나는 놔줘!!"

아우성치는 티르나드의 목소리를 들으면서 알리시아는 생각에 잠겼다. 가슴에 너무 울어서 퉁퉁 부은 시이르의 증오에 가득 찬 눈이 스치고 지나갔다.

아니, 그 눈에 담겨 있던 감정은 좀 더 다른 이름으로 불릴 만한 게 아니었던가?

그것은 알리시아가 좋아하는 공포 소설에도 때때로 나오는 감정이었다. 그리고 요 전날 카슈반을 '카슈'라고 달콤한 목소리로 부른 에르티나를 보았던 순간 느꼈던 감정도 분명히…….

"……아뇨……. 아무 일도 없었답니다, 카슈반 님."

내려서는 안 되는 결론에 다다르기 전에 생각을 멈추고자, 알리시아는 미소를 지으면서 다른 화제를 찾았다.

"그러고 보니 카슈반 님은 이전에 레이덴 백작님을 애인으로 삼는다고 말씀하신 적도 있었죠."

시이르의 일이 완전히 머리에서 지워지지 않았다. 때문에 알리시아가 찾아낸 화제는 시이르가 여러모로 집착하고 있던 '애인'에 관해서가 되어버렸다.

"알리시아 님?!"

"마님, 갑자기 무슨 말씀을 하시죠?!"

티르나드와 노라가 소스라치게 놀란 얼굴이 되었고, 카슈반과 트레이스도 눈을 동그랗게 떴다. 그러나 세이그람의 반응은 달랐다.

"티르나드 님이 여자였다면 저도 그 방법을 생각했을 겁니다. 후견인과 피후견인이 그런 관계가 되는 일은 별로 드물지도 않으니까요."

"우갸아아아악! 세이그람?! 너까지 무슨 소리를 하는 거냐!!"

티르나드가 비명이 섞인 목소리를 내며 당황해서 카슈반에게서 도망쳤다. 그런 티르나드에게 세이그람은 놀리는 기색도 없이 어디까지나 진지하게 고했다.

"언젠가 성인이 되면 당신은 혼자서 레이덴 지방을 통치해야 합니다. 물론 강공작 각하는 바로 티르나드 님의 손을 놓지는 않으실 겁니다. 하지만 조금이라도 더 두 분의 결속을 공고히 해두고 싶다고 바라는 것은 집사로서 당연한 일입니다."

카슈반도 티르나드에게서 거리를 두면서 경련을 일으킬 듯한 얼굴을 하고 있었다.

"어이. 그만둬라, 세이그람. 설마 너, 다른 사람들에게 그런 말을 하고 돌아다니고 있진 않겠지? 그러니까 내가 아즈베르그의 변태 따위로 불리는 꼴이."

피해망상에 빠진 카슈반이 불만을 토로하려고 한 그때, 밖에서 누군가 문을 두드렸다.

"실례합니다. 알리시아 님이 여기 계십니까?"

지스칼드의 부름에 실내 공기가 갑자기 긴장되었다. 카슈반은 한 순간 날카롭게 문 건너편을 노려보았지만, 더는 어떤 행동도 하지 않았다.

"……어, 에 그게. 예, 예, 여기 계십니다."

있는데도 없는 척할 수 없었기 때문에 노라는 주저하는 기색으로 문을 열었다.

"아니, 여러분 다들 여기 모여 계신 것 같군요. 알리시아 님, 식사는 어떠셨습니까? 함께하지 못해 죄송했습니다."

시이르에 대해서는 아무 일도 없었다는 듯이 지스칼드가 말을 걸어왔다.

"아아. 음, 그게 무척 맛있었답니다."

"그거 다행이군요. 잠시 시간을 내주실 수 있으십니까? 괜찮으시다면 오늘은 좀 멀리 나가죠. 말은 좋아하십니까?"

"……저, 오델 후작……."

침묵하는 카슈반의 옆에서 티르나드가 살며시 참견했다.

"이거 실례했습니다. 안녕하십니까, 레이덴 백작. 당신도 함께 가시면 어떻습니까?"

지스칼드는 티르나드에게는 여전히 온화하고 상냥했다.

"아니, 그게 아니라……. 저, 알리시아 님은, 라이센의 부인입니다. 너무…… 그, 다른 남자와 너무 둘이서만 만나면……."

"결혼이라는 큰 의무를 다한 여자야말로 즐거운 때를 보내야 한다고 생각합니다만? 모처럼 생긴 기회이니 보통 때는 만날 수 없는 사람과의 교류를 우선으로 함이 마땅하겠지요."

온화하고 상냥한 태도로 지스칼드가 시원스럽게 맞받아치자 티르나드는 입을 우물거렸다.

지스칼드가 카슈반을 쿡쿡 찌르듯 괴롭히는 광경을 요 며칠간 지켜봐 온 탓이리라. 티르나드가 지스칼드를 바라보는 시선에서 처음 만났을 때의 열기 띤 동경심을 이미 찾아볼 수 없었다.

대신 그 눈에는 노라와 마찬가지로 공포와 두려움이 깃들어 있었다. 티르나드는 우아하게 미소 짓는 지스칼드에게 그 이상 뭐라 하지 못하고 입을 다물었다. 카슈반도 눈썹을 찡그리고 있을 뿐, 참견하려는 기색은 없었다.

그때까지 침묵을 지키던 세이그람이 안경을 밀어 올리며 가볍게 인사를 하고는, 인사가 끝나기 무섭게 이런 말을 하기 시작했다.

"오델 후작 각하. 죄송합니다만, 알리시아 님은 오늘 티르나드 님과 함께 페이트린의 자택을 보러 가실 예정입니다."

갑자기 그런 말을 듣는 바람에 알리시아는 깜짝 놀랐다. 그런 알리시아의 손을 재빠르게 카슈반이 쥐었다.

깜짝 놀라서 움직임을 멈춘 알리시아는 아랑곳하지 않고, 세이그람은 술술 계속 혀를 놀렸다.

"최종적으로는 손에서 놓게 될지도 모르는 저택입니다만, 알리시아 님께서는 애착을 가지는 곳. 가족과 마찬가지로 서로 교류하고 계신, 허물없이 지내는 분과 함께 이별을 애통해하고 싶은 마음을 부디 헤아려주십시오."

우아한 인사로 말을 끝맺은 세이그람을 지스칼드는 지그시 내려다보고 있었다.

그 단정한 입술에 갑자기 옅은 웃음이 떠오르더니 지스칼드의 목소리가 하나의 이름을 자아냈다.

"디트리스 윌커크 남작가 아들."

완벽한 각도를 유지한 채 미동도 하지 않던 세이그람의 머리가 움찔 흔들렸다.

"과연 기억하는 모양이군. 그렇다면 이쪽은? 마베릭 크리스톤 자작가 아들."

그를 괴롭히려는 듯이 던지는 이름에 세이그람은 한층 더 얼굴을 들 수 없었다.

"누, 누굽니까, 그분들은?"

저도 모르게 그렇게 물어본 티르나드를 지스칼드는 동정을 담아 바라보았다.

"당신과 만나기 전에 이 남자가 풍비박산 낸 가문 분들입니다, 레이덴 백작."

풍비박산 냈다, 라는 거친 말에 겁을 먹은 티르나드의 옆에서 세이그람이 천천히 얼굴을 들었다.

그러나 여느 때처럼 당당하게 말을 되받아치지 않고, 묵묵히 지스칼드의 설명을 듣고 있을 뿐이었다.

"자신의 허영심을 채워줄 주인을 찾아다니며 수많은 가문에 숨어들어서는 전도유망한 젊은이의 인격을 짓밟아 온 세이그람 알레이. 그뿐만이면 몰라도 라그라드르인의 수하로까지 전락한 일을 숨기려 들지도 않는 실딘 귀족의 수치. 최근에는 살금살금 내 주변 동향을 냄새 맡고 다니는 모양이더군."

세이그람을 처음부터 알고 있던 지스칼드.

라그라드르인에 대한 차별을 감추려고도 하지 않는, 긍지 높은 지방백의 푸른 눈동자에는 찌르는 듯한 차가운 모멸의 빛이 어려 있었다.

"레이덴 가에 이 남자가 숨어들었다는 말을 들었을 때는 솔직히 제 귀를 의심했습니다. 잘못된 소식이기를 바랐습니다만…… 유감스럽게도 사태는 제 생각보다 한층 더 좋지 않은 모양이군요. 잠자코 있으려 했는데 그럴 수가 없겠습니다. 레이덴 백작. 당신은 너무 무방비하게 이 남자를 믿고 있습니다."

지스칼드가 차가운 눈을 한 채 자신을 바라보자 티르나드는 저도 모르게 반걸음 뒤로 물러섰다.

"훈련이 잘된 고용인을 선택하는 것도 주인의 의무입니다. 저는 제대로 된 소개장을 갖고 있고 제가 면접을 본 고용인이 아니면 고용하지 않습니다. 당신은 우리나라 최고봉인 명문가의 피를 이은 분이니, 특히 집사와도 같이 주인의 오른팔이 되어줄 사람은 엄선해야 합니다."

그 시선의 압력을 견딜 수 없게 되었는지, 티르나드는 세이그람을 바라보았다.

그러나 지스칼드가 선수를 쳐, 말이 없는 세이그람에게 이렇게 말했다.

"뭔가 할 말이 있는가? 세이그람."

"……아뇨, 오델 후작 각하의 말씀은 지당하십니다."

특별히 충격을 받은 기색은 없었지만, 세이그람은 역시 반박하는 일 없이 무표정을 유지하고 있었다.

그리고 지스칼드는 대화의 화살을 알리시아에게도 향했다.

"알리시아 님. 당신도 마찬가지입니다. 실례되는 말씀입니다만, 그 하녀는 라이센 강공작의 애인이라고 들었습니다. 손버릇이 나쁜 하녀는 다른 물건에도 손을 댈 가능성이 있습니다. 제가 선물한 물건은 아직 무사한가요?"

"뭐라고요?!"

말도 안 되는 생트집에 노라가 상기된 목소리를 냈다.

하극상의 풍조가 아직 완전히 꺼지지 않은 이 나라에서, 특히 신흥 귀족의 저택에서 고용인과 주인의 거리가 지나치게 가까운 게 사실이다. 유능한 집사가 귀족 사회의 상식을 잘 모르는 당주를 업신여겨 자신이 주인인 듯 행동하거나, 하녀가 주인의 장신구를 슬쩍한다는 등의 범죄는 종종 풍문이 되기도 했다. 그러나…….

"지스칼드 님. 노라는 그런 짓…… 아얏!"

재빨리 반박하려는 알리시아의 손을 또다시 카슈반이 꽉 쥐었다.

알리시아가 올려다본 카슈반은 그 이상 없을 정도로 험악한 얼굴을 한 채, 꽉 다문 입술을 희미하게 떨고 있었다. 그 모습을 본 순간, 그가 견디는 격렬한 감정이 전염된 것 같아, 알리시아는 아무 말도 할 수 없었다.

카슈반은 성질 급하기로 악평이 자자했지만, 이유도 없이 화를 내진 않았다.

이런 상황에서는 누구보다도 먼저, 누구보다도 날카로운 말을 되돌려 주었을 남편이 그답지 않은 태도를 보이자 알리시아도 입술을 꾹 깨물었다.

물을 뿌린 듯 조용해진 가운데, 구두 밑창이 바닥을 밟는 소리가 몹시 크게 울렸다.

"—오델 후작. 세이그람도, 노라도 그런 사람이 아닙니다."

단호한 어조로 말한 자는 지스칼드를 향해 강하게 한 발 내디딘 티르나드였다.

"티르!"

"티르나드 님."

놀란 것처럼 목소리를 높이는 카슈반과 세이그람을 곁눈으로 쳐다본 티르나드는 지스칼드를 올려다보며 말을 이어갔다.

"분명히 세이그람은 절 바보 취급하고 있으며…… 누구보다도 심한 폭언을 내뱉고 있습니다. 무엇보다 채찍으로 후려치는 경우도 있지요. 노라도 그, 갑자기 라이센의 애인 자리를 포기할 리는 없을 테고, 입은 험하고, 지나치게 요염하고……."

"……이봐, 네가 결정타를 꽂아서 어쩌겠다는 거야?"

작은 목소리로 카슈반이 지적했지만, 그것을 무시하며 티르나드는 말을 이었다.

"하지만…… 세이그람은, 지금까지의 주인이 어땠는지는 모르겠지만 제게는 소중한 집사입니다. 방법은, 엉망진창인 구석도 있습니다만, 언제나 저를 생각해줍니다."

너무 생각해주는 바람에 바로 직전에 카슈반의 애인이 될 뻔했다. 세이그람의 방식이 엉망진창인 것은 사실이지만, 그것도 다 티르나드를 생각해서 하는 일이다.

"거기다 노라는, 타, 타산만으로 움직이는 게 아닙니다. 재봉사로서도 우수해서…….제, 제 옷을 고쳐주었습니다."

아무도 알아주지 않았던 창피함을 노라만이 이해하고 해소해주었다.

"……뭐, 뭔가요. 대단한 일 아니에요. 그런 건……."

부끄러운 듯이 수줍어하며 노라는 작은 목소리로 말을 흘렸다.

한편 지스칼드는 거기까지 단숨에 말한 티르나드를 잠자코 바라보았다.

백석 같은 미모에는 감명을 받은 기색이 조금도 없었다. 눈썹 하나 까딱하지 않고, 그때까지 티르나드에게 향한 적이 없던 한결같이 차가운 눈동자로 지그시 바라보고 있을 뿐이었다.

"그러니까…… 저, 두 사람에게, 사과…… 아니, 지금 하셨던 말을 정정…… 해…… 주시면…… 감사…… 하겠습니다……."

지스칼드에게 반박하는 정도만으로도 티르나드의 거의 없는 것이나 마찬가지였던 용기가 완전히 바닥난 모양이었다. 목소리가 점점

작아졌다. 그 말끝에 지스칼드가 차갑게 내뱉은 한마디가 겹쳐졌다.

"고용인이 주인을 위해 일하는 것, 하물며 옷을 고쳐주는 건 당연한 일입니다. 불쌍하게도. 대체 지금까지 당신은 얼마나 괴롭힘을 당해왔습니까."

말하는 내용과는 전혀 다르게 목소리에는 동정의 기운이 전혀 배어 있지 않았다. 지스칼드는 말을 이었다.

"저택을 보러 가신다고요. 그것도 괜찮겠지요. 그럼 알리시아 님, 돌아오시면 연락을 주십시오. 저녁때까지는 돌아오시길 바라겠습니다."

나중에 다시 방문하겠다는 뉘앙스를 풍기며 지스칼드는 정중하게 인사를 남기고 자리를 떴다.

방문이 닫히기 무섭게 티르나드는 비슬비슬 맥없이 자리에 주저앉았다.

"레이덴 백작님. 괜찮으신가요?"

"아, 알리시아 님. 죄송합니다……. 무릎에 힘이 빠져서…… 서 있을 수가 없……."

새삼스럽게 새파랗게 질려서 약하디약하게 중얼거리는 티르나드를 세이그람이 묵묵히 받쳐주었다.

"티르나드 님, 왜 그런 말씀을 하셨습니까."

주인을 일으켜 세우면서도 세이그람이 입에 담은 말은 차가웠다.

"격이 높은 상대에게 그렇게 공공연하게 거스르면 안 됩니다. 강공작 각하나 제가 지금까지 참아왔는데 다 수포로 만들 생각이십니까?"

"잠깐 세이그람, 그렇게 말할 필요는 없잖아요!"

티르나드에게 손을 빌려줄까 말까, 곁에서 혼자 파닥거리던 노라가 험한 목소리를 냈다.

"이 풋내 나는 애송이 도련님이 오델 후작에게서 당신과 절 감싸줬다고요?! 그런 일은 분명히 두번 다시 없을 거예요. 때로는 칭찬 좀 해주면 어떨까요!"

"……됐어, 노라. 고마워."

에둘러서 자신을 비호하는 노라에게 티르나드가 쓴웃음을 지었다.

"세이그람 말대로야. ……미안. 세이그람, 라이센. 나중에 오델 후작에게 사죄…… 아니."

동요하는 마음을 가다듬으려는 듯이 머리를 한 번 흔든 티르나드는 세이그람을 똑바로 바라보았다.

"—아냐, 달라. ……싫어. 나는 잘못된 말을 하지 않았어. 그러니까 사과할 수 없어."

도전적인 눈에서 살짝 시선을 돌리며 세이그람은 한숨을 쉬었다.

"당연합니다. 당신은 제 주인님입니다. 저 이외의 인간에게 머리를 숙일 필요는 없습니다."

"……표현이 여러모로 잘못되었지만 왠지 말하고 싶은 바는 알겠네요."

질린 표정을 짓는 노라를 무시하고 세이그람은 안경을 밀어 올리면서 티르나드를 내려다보았다.

"말해두지만, 티르나드 님. 저는 앞으로도 당신을 열심히 때릴 겁니다."

은혜를 원수로 갚는 발언에 티르나드가 한순간 눈을 크게 떴다.

그러나 세이그람은 그런 주인에게 표정을 바꾸지 않은 채 공손하게 허리를 숙여 인사했다.

"대신 다른 누군가가 당신을 때리려 든다면 제가 이 몸을 대신해서라도 반드시 지켜드리겠습니다."

슥 자세를 되돌린 세이그람이 차가운 눈동자로 노라를 힐끗 쳐다보았다.

"물론 이 암고양이에게서도요."

"잠깐! 제가 언제 레이덴 백작을 때렸어요?!"

"때리지는 않았지만, 이전에 바짓단을 고치는 척하면서 티르나드 님 다리를 가슴 사이에 끼워 넣었잖아."

"하지 않았어요. 전부 당신의 망상이잖아요?! 이 변태 음험 안경 남!!"

결국 여느 때 언쟁이 시작된 걸 보고 알리시아는 활짝 웃었다.

"어머, 역시 노라는 레이덴 백작님이 좋은가 보군요. 저기 카슈반 님……."

여느 때처럼 말을 걸며 알리시아가 올려다본 카슈반의 얼굴은 조금 전보다도 더 엄격하게 굳어 있었다.

"……저…… 카슈반 님, 레이덴 백작님을 혼내지 말아주세요."

지스칼드에게 정면으로 반박한 티르나드는 카슈반의 피후견인.

감독 소홀이라고 비난받으며 최종적으로 문책당하는 사람은 카슈반이다.

"……아니, 티르는 당연히 화를 낼만 하다."

지친 듯이 가볍게 눈을 감으며 한숨을 내쉰 얼굴이 한층 더 파랗게 질린 듯이 보여서, 알리시아의 가슴이 불길하게 두근거렸다.

—너만큼은 반드시 좋은 집에 시집보내서 편안하게 살 수 있도록 해줄 테니까 말이다.

알리시아가 걱정하며 문병을 와도 계속 거부하며 하루하루 쇠약해져 갔던 부모님의 얼굴이 카슈반의 얼굴과 겹쳐져 보였다.

남편의 이름을 다시 한번 부르려고 했을 때, 카슈반은 그때까지 계속 쥐고 있던 알리시아의 손을 놓았다.

"나는 다시 오델 후작 부인이 부르고 계시니 가봐야겠다. 알리시아, 너는 티르와 페이트린 저택에 갈 거냐?"

그 말을 듣고 알리시아는 아직도 노성을 주고받는 티르나드와 노라, 세이그람을 바라보았다.

"……그렇군요……. 하지만, 오늘은 됐습니다. 오랜만에…… 혼자서 책을 읽으면서 있겠어요. 시이르 님께 빌린 책, 아직 제대로 읽지 못했으니까요."

"……그런가."

메마른 목소리로 중얼거린 카슈반은 무척이나 무언가를 말하고 싶어 하는 눈치인 트레이스를 데리고 방에서 나갔다.

별빛에 아름다운 금발이 반짝였다.

"밤에 하는 산책도 꽤 좋군요. 그렇지요? 알리시아 님."

로벨 가의 자랑거리인 정원을 천천히 선도해 걸으면서 지스칼드가 미소 지었다. 알리시아는 겨우 웃는 얼굴을 만들며 그 말을 어물쩍 넘겼다.

"예……. 무척 멋져요."

멋질 터였다.

시각은 이미 저녁 식사 시간을 지나서 하늘에는 달과 무수한 별이 반짝이고 있었다. 저택의 여기저기에 내걸린 등불과 별빛이 복잡하게 섞여 그렇지 않아도 미로 같은 산울타리의 그림자를 한층 더 복잡하게 만들고 있었다.

괴기 소설 무대로서는 절호의 상황. 흡혈귀나 수인족, 목 없는 기사와 틀림없이 무척 잘 어울릴 것 같았다.

여느 때 알리시아였다면 머리끝까지 흥분해서 와아와아, 꺄아꺄아, 들떠서 떠들면서 나서서 산울타리 속으로 돌진했으리라.

그러나 지금 알리시아의 마음은 조금도 흥겹지 않았다. 목에 걸린 가느다란 목걸이가 어깨에 파고드는 듯이 느껴졌다.

"무서우십니까? 알리시아 님."

"아뇨…… 무섭지 않습니다."

무섭다고 느낄 수 있었다면 즐거웠을 터였다. 하지만 지금은 달랐다.

카슈반에게 말한 것처럼 알리시아는 오늘 온종일 자기 방에서 보냈다. '꿈의 왕자님'을 읽거나, 티르나드가 알리시아를 생각해서 도서관에서 갖다 준 다른 책을 읽거나 했다.

그 사이, 카슈반은 돌아오지 않았다. 저녁 식사 시간이 지나도 돌아오지 않아 알리시아는 이렇게 지스칼드에게 끌려 저녁 산책을 나오고 말았다.

지스칼드가 아무렇지도 않은 얼굴로 저녁 산책하러 가자고 찾아왔을 때, 노라는 재빨리 제지하려고 했다. 그러나 지스칼드가 한번 노려보자 기가 죽어 어쩔 수가 없었다. 이어서 아름다운 빨간 머리가 갑작스러운 바람에 흔들리는 걸 느끼고는 '부탁할게요'라고 한마디 중얼거리며 보내주었다.

"저…… 지스칼드 님. 시이르 님은…… 그 이후 어떡하고 계시죠?"

조심스럽게 물어본 알리시아에게 지스칼드는 아무 일도 아니라는 듯이 대답해주었다.

"아아. 시이르 님은 역시 기분이 좋지 않으신 것 같기에 방까지 보내드렸습니다. 솜씨 좋은 의사를 불렀으니 잠시 안정하고 계시면 금방 좋아지실 겁니다."

그렇게 말하면서 지스칼드는 산울타리 미로 안으로 발을 들여놓았다. 알리시아도 그대로 지스칼드를 따라 미로와도 같은 내부에 들어섰다.

밤의 산울타리 안쪽은 낮에 봤을 때와는 명백히 다르게 보였다. 길게 뻗은 녹색 벽의 상부는 빛에 비춰져 하얗게 빛나고 있었지만, 아랫부분에는 짙은 어둠이 모여서 발밑조차 위태위태했다.

"어머, 역시 멋있어요……."

점차 평상시 모습을 되찾아 가는 알리시아의 눈동자가 반짝거리기 시작한 때였다.

"시이르 님이 신경 쓰이십니까?"

불현듯 그렇게 말한 지스칼드를 올려다보니 키가 큰 그의 금발은 수많은 빛을 반사해 눈부시게 빛나고 있었다.

그러나 가슴 아랫부분은 어둠에 잠겨 있어, 안경을 썼음에도 시력이 나쁜 알리시아에게는 한순간, 이형의 괴물처럼 보였다.

그건 그거대로 한층 더 흥분되었을 텐데, 알리시아는 무심코 눈을 내리깔았다.

"예. 그야 뭐……."

"알리시아 님은 귀여운 얼굴을 하고 계시면서 사랑의 줄다리기에도 아주 능숙하시군요."

아름답게 미소 지은 지스칼드의 손가락이 뻗어와 알리시아의 뺨에 닿았다.

신사의 예의에서 벗어난, 지나치게 친밀한 행동에 움찔하고 말았다.

저도 모르게 뒷걸음질 치려는 알리시아의 퇴로를 두껍게 우거진 산울타리가 가로막았다.

그러고 보니 이곳은 녹색의 미로 어디쯤일까. 오른쪽을 봐도 왼쪽을 봐도 똑같이 생긴 가느다란 통로가 길게 이어질 뿐이었다.

"왜 그렇게 겁에 질린 얼굴을 하시는 겁니까? 밤의 유혹에 주저 없이 응해주셨으면서…… 제 마음을 갖고 노셨습니까?"

그렇게 말하고 옅게 웃는 지스칼드의 얼굴은 먹이를 갖고 노는 우아한 짐승, 바로 그것이었다.

"가, 갖고 놀다니, 그런…… 시, 시이르 님이, 화내실 거예요……. 그분은, 지스칼드 님을 무척 좋아하시는데……."

"그거 영광이군요. 사랑스러운 여성께 호의를 사는 것은 명예로운 일. 그렇지만…… 알리시아 님이야말로 그만 안달 나게 해주시겠습니까? 사랑의 줄다리기는 싫어하지 않지만 제 자제심에도 한계가 있습니다."

시이르의 일은 한마디로 정리해버리고 지스칼드가 한층 더 거리를 좁혀왔다.

등골이 오싹해져서 허둥지둥 옆으로 도망친 알리시아를 그는 막지 않았다.

그러나 곧바로 거리를 좁혀왔다.

원래부터 알리시아와 지스칼드는 신장과 체력 차이가 확연했다. 긴 다리를 과시하듯이 손쉽게 알리시아의 앞에 와서 선 지스칼드는 슥 알리시아의 턱을 들어 올렸다.

피할 틈도 없었다.

"……웅……?!"

입술에 닿는 부드러운 감촉.

동시에 등골을 스치고 지나가는 강렬한 혐오와 공포에 알리시아는 있는 힘껏 지스칼드를 밀쳤다.

"아프잖습니까. 매정하시군요."

조금도 아파 보이지 않는 얼굴로 지스칼드는 웃었다. 실제로 그는 동정심을 자극하려는 듯이 한 발 뒤로 물러서 보였지만, 알리시아와의 거리는 여전히 매우 가까웠다.

"저, 저, 저는…… 카슈…… 카슈반 님, 의, 처, 입니닷……!"

얼굴을 새빨갛게 물들인 알리시아는 등 뒤에 있는 산울타리에 묻힐 정도로 열심히 뒷걸음질 치며 호소했다.

아무리 이런 쪽으로 둔해도, 지금까지는 없었던 심야의 초대에 졸랑졸랑 따라왔다 하더라도 키스까지 당하고 가만히 있을 수는 없었다. 왜냐하면.

알리시아는 카슈반의 것이니까.

그가 돈으로 사들인 아내니까.

"라이센 강공작에게는 이미 이야기를 전해두었습니다. 제가 당신을 무척이나 마음에 들어 한다고 말이지요."

그러나 지스칼드는 카슈반의 이름을 듣고도 한층 더 아름답게 미소 지었다.

"표현이 좀 그렇습니다만, 당신은 그가 사들인 몸. 그렇다면 그의 의지로 다른 누군가에게 팔리는 일도 있을 수 있겠지요?"

"……팔린다……?"

카슈반은 알리시아를 샀다.

그러므로 알리시아를 팔 수도 있다.

그것도 그러네요. 여느 때처럼 그렇게 생각하기가 무섭게 영문을 알 수 없는 답답함이 알리시아를 엄습했다.

이전처럼 머리를 쓰다듬어주지 않는 카슈반.

떨떠름한 얼굴을 하면서도 에르티나에게 양산을 씌워주던 카슈반.

왜 지금 와서 그런 일을 떠올릴까.

"어디 가십니까? 알리시아 님."

조소하는 목소리를 들으며 알리시아는 정신없이 산울타리의 미로 안을 달리기 시작했다.

뭘 어떻게 하겠다는, 구체적인 목표는 없었다.

그저 무섭고 싫어서, 더는 지스칼드 옆에 있기 싫어서 맹목적으로 달렸다.

그러나 산울타리의 틈새가 보이는 지점까지 달려왔을 때, 반짝거리는 금색의 무엇인가가 알리시아를 앞질러 앞을 막아섰다.

"아직 이야기는 끝나지 않았습니다, 알리시아 님."

등골이 오싹할 정도로 아름다운 미소를 띠고 내려다보는 지스칼드 앞에서 알리시아는 반사적으로 뒤로 돌아, 또다시 산울타리 속으로 달려 들어갔다.

초조함과 시야가 좋지 않다는 점 때문에 점점 발이 꼬였다.

헉헉대며 도망치는 알리시아를 지스칼드의 목소리가 일정 거리를 유지하면서 쫓아왔다.

"틀림없이 저를 나쁜 남자라고 생각하고 계시겠지요."

이전에도 이 미로 안에서 들은 적이 있는 듯한 목소리가 웃음기를 담은 채 울렸다.

"하지만 보신을 위해 아내를 다른 남자에게 바친 당신 남편은 그 이상으로 나쁜 남자입니다. 그렇게 생각하지 않으시나요? 알리시아 님."

반론할 여유도 없었고, 반론할 말도 생각나지 않았다.

영문도 모른 채, 자신을 쫓아오는 지스칼드에게서 도망치던 알리시아의 눈앞이 갑자기 탁 트였다.

별빛에 빛나는 심홍의 장미.

정원 중앙부 화단으로 나왔다.

"아름답지 않습니까? 이 장미들은. 역시 페이트린은 제 영지, 오델과 마찬가지로 풍요로운 곳입니다."

등 뒤에서 들려온 목소리에 퍼뜩 정신을 차리고 뒤돌아보니 그곳에는 벌써 지스칼드가 서 있었다.

그 순간 알리시아가 올려다본 금색 머리카락이 부자연스럽게 흔들리는 것을 알 수 있었다.

"루아크……!"

카슈반에게 입막음 당했던 말도 잊고 알리시아는 저도 모르게 사신 소년의 이름을 입에 올리고 말았다.

하지만 지스칼드는 그 이름을 듣고도 놀라는 기색도 의아해하는 기색도 보이지 않았다. 대신 한마디, 이렇게 말했을 뿐이다.

"그러고 보니 알리시아 님. 사신 공주라고 불리는 당신은 소문으로는 브라이언 바스틀을 살해한 사신을 사역하고 있다더군요."

갑작스러운 잡담처럼 시작한 그 말에 금발을 흔들던 바람이 잦아들었다.

"저도 무서운 실력을 갖춘 사신의 이야기를 들은 적이 있습니다. '날개의 기도' 교단과 왕가가 결탁해 갈 곳이 없는 아이들만 모아 만든 암살 부대. 교단과 왕가, 양쪽의 어두운 부분에 관계되었기에 말살되었지요. 하지만 만약 그중 살아남은 자가 있고, 또 누군가가 키우고 있다면…… 그 주인은 정말로 어리석은 자일 겁니다. 반역을 꾀한다고 의심받아도 어쩔 수 없을 겁니다."

라그라드르의 용병단에 대항하려고 만들어진 '장난감 군대'.

'날개의 기도' 교단과 실딘 왕가에게 방해물이라고 여겨지는 자를 처리하려고 조직해서, 최종적으로는 그 자체가 방해물로 여겨져 처리된 조직. 그곳에 속했던 루아크를 옆에 두면 뭔가 속셈이 있다고 의심받아도 어쩔 수 없을지도 모른다. ……하지만.

"제, 제다는, 지스칼드 님의……."

"제다? '진흙의 백성'의 수하에 또 한 명, 어리석은 실딘인이 가세했다는 소문이 있었던가요?"

루아크의 형 사이드를 사칭했던 '장난감 군대' 출신의 암살자 제다.

카슈반의 중개로 발로이 용병단에 들어간 그가 지스칼드의 수하였다는 점을 지금 와서 내세워 봤자 누가 믿어줄까.

"자, 알리시아 님. 이리로."

완벽한 왕자님의 미소를 띠우며 지스칼드는 손을 뻗어왔다.

"꽃을 요로 삼는 걸 좋아하신다면 여기서 이대로…… 라도 좋겠습니다만, 저도 그렇게까지 나쁜 남자는 아닙니다. 아니면 돈 이야기를 좋아하시는 당신을 위해 좀 더 알기 쉽게 말씀드릴까요? 당신과 하룻밤을 보내려면 라이센 강공작에게 얼마를 지불하면 될까요?"

뻗어온 손을 알리시아는 어쩔 도리도 없이 그저 바라보고만 있었다. 그런 알리시아의 등 뒤로 요란한 구두 소리가 가까이 다가왔다.

이 구두 소리는―.

"알리시아!"

어둠 속에서 흩어지는 심홍의 장미꽃.

농밀한 꽃의 향기를 느끼면서 알리시아는 강한 팔에 등부터 꽉 끌어안겼다.

숨이 막힐 정도로 '배가 아픈' 감각을 느끼면서 알리시아는 어리둥절하게 중얼거렸다.

"……왕자, 님……?"

그 말을 듣고 몸을 안고 있던 팔이 살짝 굳어졌다.

한편, 지스칼드는 순간 놀란 얼굴을 했지만 바로 입가에 차가운 미소를 띠었다.

"장미꽃을 흐트러뜨리며 등장하시는가. 더할 나위 없이 귀공답군, 라이센 강공작."

화단을 똑바로 가로지르고 나타난 카슈반은 장미꽃을 짓밟고 선 채 알리시아의 어깨너머로 지스칼드를 매섭게 노려보았다.

티르나드라면 그 자리에서 바로 도망쳤겠지만 지스칼드는 작게 코웃음을 쳤을 뿐이다.

"아무리 장미를 싫어한다고는 하나, 다른 이의 꽃을 그렇게 괴롭히다니……. 이름 높은 지방백의 피를 이은 부인에게 수치가 되네. 자신의 처지를 잘 이해하라고 몇 번이나 가르쳐줬는데도 아직 학습이 안 되었나?"

이제는 경멸의 감정을 숨기는 일 없이, 지스칼드는 훈련이 안 된 개를 보는 눈으로 카슈반을 노려보았다.

저도 모르게 알리시아는 양손을 펼쳐 남편을 감쌌다.

"카, 카슈반 님을 괴롭히지 마세요!"

또다시 당부를 깨고 외친 알리시아의 모습에 등 뒤에 선 카슈반이 눈을 동그랗게 떴다.

지스칼드도 순간 눈을 동그랗게 떴지만 곧바로 퉁기듯이 웃음을 터뜨렸다.

"……하하! 구해주러 온 공주님께 오히려 비호를 받는가. 대단한 왕자님이로군!!"

소리 높여 웃는 지스칼드를 바라보는 카슈반의 눈동자가 다시 험악한 빛을 띠기 시작했다.

카슈반을 내려다보는 지스칼드의 눈도 또 한층 더 차갑고 잔혹하게 변했다.

"—그 눈, 그 얼굴. 고귀한 피를 이은 신부를 향한 집착. 귀공은 정말로 부친을 똑 닮았군."

지스칼드가 아버지를 언급하자 알리시아를 안은 카슈반의 손에 한층 더 힘이 들어갔다.

"덧붙여 하녀를 애인으로 두고 있다고? 마리안느 라이센이 장미 밑에서 우는 건 아닐까 모르겠군. 아니…… 그렇지 않으면 마리안느 라이센 같이 경건한 '날개의 기도' 신자는 비천한 배에서 태어난 아들이 일단 귀족인 아버지를 닮아서 기뻐하고 있을지도 모르겠군."

알리시아의 등 뒤에서 느껴지는 카슈반의 기척이 눈앞의 지스칼드와 비슷한 냉기를 띠어갔다.

지스칼드는 그래도 두려워하는 기색 없이 태연하게 그 자리에 서

있었다. 마치 카슈반이 달려들기를 기다리는 것처럼.

당장에라도 싸움이 벌어질 것 같은 그때, 화단 반대편에서 아름다운 여자가 한 명 나타났다.

"어머, 지스…… 무슨 일이죠, 이건?"

"아니, 에르티나 님이 아니십니까."

부인을 본 지스칼드는 태연하게 점잖은 척 인사를 해 보였다.

"라이센 강공작을 쫓아오셨습니까. 죄송합니다. 바로……."

역시 당연한 듯이 말하기 시작한 지스칼드를 곁눈으로 바라보며 카슈반은 갑자기 알리시아를 안아 들었다.

"잠깐, 카슈? 날 내팽개치고 어딜 가려고 하죠?"

에르티나의 부름을 카슈반은 무시했다. 카슈반은 장미꽃을 몇 개인가 한층 더 걷어차며 성큼성큼 걷기 시작했다. 그런 남편의 팔 안에서 알리시아는 결국 묻고 말았다.

"카슈반 님, 오델 후작 부인이……."

"……입 다물고 있어."

문답무용으로 명령한 카슈반은 알리시아의 반론을 용납하지 않았다. 아내를 팔에 안은 채 무참한 꼴이 된 화단을 뒤로했다. 그 뒷모습에 대고 지스칼드가 질문을 던졌다.

"귀공의 아내일 때보다 내 애인이 되는 편이 알리시아 님께 행복일 걸세. 그렇게 생각하지 않나?"

조소하는 질문에 알리시아는 깜짝 놀랐다. 그러나 카슈반은 걸음을 멈추지 않았다.

[제5장] 그래도 나의 왕자님

카슈반이 알리시아를 안은 채 향한 곳은 아름다운 정원에서 멀리 떨어진 아담한 나무숲이었다. 고용인용 구획이 가까운 이 곳까지 오자 과연 정원사의 손길이 닿은 기색은 보이지 않았다.

"카슈반 님, 왜 그러시죠……? 오델 후작 부인을 그냥 두고 오셔도 괜찮으신가요……?"

"루아크가 내게 알리러 왔다."

"루아크가? 아아, 그러고 보니 방금…… 꺅!"

부드러운 풀밭에 내려놓아진 알리시아는 다음 순간, 카슈반이 가까이에 있는 나무줄기를 있는 힘껏 후려갈기는 모습을 보고 깜짝 놀랐다.

"젠장!"

카슈반이 자신의 손까지 상처 입힐 것 같은 힘으로 후려친 나무가 크게 흔들렸다.

지스칼드에게 들은 여러 말에 대한 분노를 토해내고 있는 것일까.

그의 이름을 뇌리에 떠올린 순간, 일시적으로 마비되었던 공포가 다시 숨을 쉬기 시작했다.

"저, 저, 기…… 카슈반 님, 저…… 사치스러운 소리는, 못, 합니다."

혼란스러워하면서도 알리시아는 손가락이 파고들 정도로 강하게 주먹을 쥔 카슈반에게 말을 걸었다.

"카슈, 카슈반, 님이, 저, 저를, 파신…… 다면, 저…… 저."

사치스러운 소리를 해서는 안 된다.

돈에 팔려온 신부로서, 알리시아는 자신의 처지를 이해하고 있어야 하는 쪽이었으므로.

"바보 같은 소리 하지 마!!"

격렬하게 호통친 카슈반은 반사적으로 목을 움츠린 알리시아에게서 눈을 돌리고 또다시 근처의 나무줄기를 주먹으로 후려갈겼다.

"젠장, 빌어먹을! 썩을……!"

얼굴을 일그러뜨리며 주먹에 실은 감정을 나무줄기에 푸는 모습은 무섭기도 했으며, 어딘가 가련하기도 했다.

마치 설탕 과자처럼 달콤하기만 한, 상냥한 모습만을 보여 온 최근의 카슈반과는 전혀 다른 모습이었다. 그 모습을 보던 알리시아는 이렇게 말하지 않을 수 없었다.

"저, 카슈반 님, 저기…… 그, 카슈반 님은, 좋은 분, 이세요."

지스칼드가 나쁜 남자라고 경멸하며 뱉었던 말을 보완하듯이 알리시아는 열심히 남편을 칭찬했다.

"음 그리고 저기, 아버님에 대한 일…… 초상화를 보면 얼굴은 분명히 레디오르 님과 닮으셨지만…… 하지만, 카, 카슈반 님은 저를 죽여 장미 화원에 묻거나 하지 않으셨잖아요…… 그러니까…… 저…… 카슈반 님과 함께 있어서, 정말 행복해요."

"—너도 내 어머니와 똑같군."

나무를 때리던 손을 멈추고 카슈반은 낮은 목소리로 중얼거렸다.

그는 불쾌하기 짝이 없다는 눈동자로, 깜짝 놀라서 입을 다문 알리시아를 지그시 바라보고 있었다.

"어머님……?"

"마리안느 라이센. 좀 전에 오델 후작이 말했었지. 바로 내 바보 같은 어머니다."

내뱉듯이 카슈반이 대답한 그 말은 기억에 없었다. 알리시아는 그래서 눈을 껌뻑거리고만 있었다.

장미에 미친 부인을 살해한 이후로 정신 붕괴를 일으켜 차례로 여자에게 손을 댔던 레디오르 하르바스트. '괴물'이라고 표현되기조차 했던 아버지를 카슈반이 싫어하고 있음을 잘 알고 있었다.

그러나 어머니에 관해서 이렇게 강하게, 부정적으로 말하는 걸 들은 적은 없었다.

아니. 원래부터 카슈반은 어머니에 대한 이야기를 거의 한 적이 없었다고, 알리시아는 새삼스럽게 알아차렸다.

"마리안느 라이센은 아즈베르그 지방에서도 보기 드물 정도로 경건한 '날개의 기도' 신자였다. 정실을 살해하고 제정신과 광기 사이에서 흔들리던 아버지에게 헌신적으로 계속 봉사했지. 그런 봉사가 농민이자, 성녀 아셸을 박해한 자의 피를 이은 자신이 해야 할 속죄라고 믿어 의심치 않았기 때문이야."

어머니가 '날개의 기도'의 경건한 신자.

'날개의 기도'를 싫어하는 그의 모습에서는 상상조차 할 수 없는 사실이었다. 그 말을 듣고 알리시아는 고개를 갸우뚱할 수밖에 없었다. 카슈반은 담담하게 말을 계속 이었다.

"그래서 더는 돈으로 귀족의 딸을 살 수 없었던 아버지가 자신에게 손을 댔을 때도, 나를 가졌을 때도 마리안느는 기뻐했다고 해. 영주님에게 도움이 될 수 있었다, 내 신앙에 보답해주셨다고 말이야……."

후우하고 크게 숨을 내뱉고는 카슈반은 눈을 감고 팔짱을 끼었다.

"……아버지는 줄곧 내 친어머니는 정실인 지나라고 말했지. 마리안느는 한때 애인이었지만, 그 뒤 버림받았다고……. 그래도 저택에 계속 남은 뻔뻔한 여자라고 했다. 일부 고용인들은 사실을 알고 있었지만, 아버지의 화를 사기 두려워해서 입을 다물고 있었다."

단이나 로세 등, 고참 고용인은 분명히 이 사실을 알고 있었으리라. 그렇기 때문에 그들은 카슈반을 사랑하고 지금도 계속 저택에서 일해주는 것이다.

"항상 내 동향을 살피고, 때로는 대신 아버지에게 맞아주기까지 하면서 옆에 찰싹 붙어 있으려는 마리안느가 정말 싫었다.

……아버지가 안 된다면 다음은 어린 아들의 비위를 맞춰 다시금 귀족의 애인이 되고 싶은가 하고…… 그런 식으로만 생각했지."

부아가 치민다는 어조에 담긴 분노는 마리안느를 향했는가, 자신을 향했는가.

어느 쪽인지는 알 수 없었지만, 그러나 카슈반이 너무 괴로워 보여 알리시아 자신도 속이 답답해졌다. 숨 막힐 듯한 답답함을 느끼면서도 알리시아는 열심히 위로할 말을 찾았다.

"어…… 어머님이 줄곧 저택에 계셨던 까닭은 카슈반 님 곁에 있고 싶어서가 아니었을까요?"

"아아. 내 곁에 있고 싶었겠지. 무엇보다 그 여자에게 있어 나는 경건한 신앙과 속죄의 증표니까. 자기만족에 젖은, 황홀한 눈으로 나를 바라보는 시선이 항상 기분이 나빴어!"

모처럼 알리시아가 배려해서 한 말도 날려버리고 카슈반은 격렬한 어조로 그렇게 외쳤다.

움찔해서 목을 움츠린 알리시아는 한 가지 사실을 떠올리고는 조심조심 이렇게 물었다.

"하지만, 카슈반 님은 어머님을 위해 날개를 사려고 하셨죠……?"

허를 찔린 모습으로 카슈반이 굳어버렸다.

"……너…… 그런 말, 누구에게 들었지? 단인가, 그렇지 않으면 로세?"

"아, 아뇨……. 유란 님이 이전에……."

시집온 지 얼마 되지 않아, '날개의 기도' 교단에게 카슈반이 살해당할 뻔했던 사건이 일어났던 때였다. 티르나드의 전 후견인이었던 성직자 유란이 웃으며 입에 올렸던 말.

농민 출신에, 재산을 노리고 영주의 애인이 된 여자를 구제할 날개를 사려면 나라 하나를 사는 데에 필적할 정도인 대금이 필요하다고…… 유란이 가련하다는 듯이 웃었던 그때, 카슈반은 그 말을 부정하지 않았다.

"거기다…… 카슈반 님이 여느 때처럼 지스칼드 님을 때리지 않으신 까닭은 그분과 싸우면 아즈베르그 지역의 사람이 전부 크게 곤란해질지도 모르기 때문이었죠……?"

훔쳐 듣기 성과를 피로해준 루아크 덕분에 알리시아도 카슈반이 곤란한 상황에 놓여 있음을 어렴풋이 알아차리고 있었다.

아무리 아즈베르그의 폭군이라고 악명이 높아도 결국 카슈반은 변경지역 일개 영주. 하극상이 일어났을 때도 토지와 재산을 잃어버리지 않은 지스칼드와 제대로 싸워 이길 수 있을 리 없었다.

그래도 지스칼드가 전쟁을 일으키길 바란다면 받아들이는 수밖에 다른 길은 없었다.

그러나 협력을 요청한 지금 그 손을 뿌리치면서까지 전쟁을 바란다면, 분수도 모르고 날뛴 행동이 초래한 패배의 책임과 원망을 카슈반 혼자 짊어져야 한다.

그러나 카슈반에게서 돌아온 말은 의외의 대답이었다.

"나는 원래부터 아즈베르그의 인간들을 좋아하지 않았다. 귀족도 농민도 전부 다."

"……어머?"

대전제가 무너져 당혹해 하는 알리시아에게 카슈반은 짜증을 담아 외쳤다.

"미신을 신봉하고, 자신들에게 아무 일이 없기만을 바라면서 머리가 이상한 영주를 제지하려고 하지도 않았던 녀석들이다! 누군가의 딸이 장난감이 된 동안에는 안전하다며 산 제물처럼 끌려가는 여자들을 구하려고 하지도 않았어! 그러기는커녕 영주의 눈이 닿지 않는 점을 이용해 귀족 녀석들은 제멋대로 세금을 끌어 올리고 토지의 권리를 매매하고, 영주의 도장까지 위조해 자기들 하고 싶은 대로 설쳐댔다! 농민도 마찬가지다. 바보 귀족에게 머리를 숙이며 자신의 부담만을 줄이려고 필사적이었어!!"

또다시 주먹을 들어 올린 카슈반은 있는 힘껏 옆에 있던 나무의 줄기를 구타했다.

그 박자에 장미 꽃잎 한 장이 지면에 떨어졌다. 아마도 조금 전 화단에 있었을 때 머리카락에 엉켜 같이 실려 왔으리라. 카슈반은 그 꽃잎을 몇 번이나 강하게 짓밟았다.

"그래서 내가 아버지를 죽이고 영주가 되었고, 아즈베르그의 폭군으로서 세게 죄었던 거다! 녀석들에게 꼴좋다고 말해주려고!!"

스스로 칭하고 있던 폭군이라는 호칭에 걸맞은 흉악한 형상으로 카슈반은 부르짖었다.

그러나 다음 순간, 얼굴에 가득 차 있던 마치 뭔가에 씐듯하던 박력은 사라졌다. 카슈반은 작고 괴로운 목소리로 중얼거렸다.

"—하지만 한번 영주가 된 이상…… 내게는 아즈베르그 지방을 지킬 의무가 있다……."

고개를 떨어뜨리고 힘없이 혼잣말하는 카슈반의 얼굴은 매우 괴로워 보였다. 그 가슴속에서 소용돌이치고 있는 갈등을 떠올리게 했다.

"제대로 돼먹지 못한 가문의 제대로 돼먹지 못한 꼬맹이가 정상적으로 성장할 수 있을 리 없지. 아버지가 내게 가르쳐준 것은 때리는 방법과 맞는 방법뿐이었다. 영주의 업무에 관해서도, 귀족다운 교양도 가르쳐주지 않았지. 그런 녀석이 영주라니 웃기지도 않는다고, 다른 누구보다 나 자신이 그렇게 생각하고 있어. 하지만…… 아즈베르그 같은 빈곤한 시골을 나 이외에 누가 고생해서 통치하겠어? ……차라리 오델 후작 각하가 바꿔주셨으면 좋겠다 생각할 정도다."

한층 더 장미 꽃잎을 밟아 뭉개면서 카슈반은 으르렁거리듯이 말했다.

그러면서도 발밑을 응시하는 눈은 매우 고통스러워 보였다. 알리시아는 그런 남편에게 살며시 다가갔다.

"카슈반 님은 언제나 싫어하는 것을 위해 열심히 일하시는군요."

어머니이든 아즈베르그의 주민이든. 다 싫어한다고 그렇게나 연창하고 있음에도 불구하고, 카슈반이 몸이 닳아 없어질 정도로 열심히 노력한다. 항상 그들을 위해서였다.

"누군가를 위해서가 아니야. 내, 단순한 자기만족이다."

어금니를 꽉 깨물며 카슈반은 그렇게 내뱉었다.

"아버지에게 얻어맞든, 내게 매몰찬 대우를 당하든 마리안느는 언제나 미소를 띠고 있었다. 돈을 목적으로 빌붙은 창녀라고 경멸당해도, 살아가는 방식과 죽은 방식에 본인은 만족하고 있었어. 아즈베르그의 녀석들도…… 아버지가 영주였던 때는 마음대로 할 수 있어서 좋았다고 하는 녀석들이 귀족도 농민도 잔뜩 있다."

거기서 카슈반은 매우 상냥하면서도 매우 슬퍼 보이는 눈으로 알리시아를 보았다.

"자신이 행복한지 어떤지를 결정할 수 있는 사람은 자신뿐이다, 타인이 참견할 일이 아니다. 그건 잘 알고 있어. 그래도 어떻게 해도 싫은 감정을 억누를 수가 없다……. 그런 내가, 가장 싫다."

또다시 발밑으로 시선을 떨어뜨린 카슈반은 처참하게 짓밟혀 진흙투성이가 된 장미꽃잎을 물끄러미 바라보았다.

똑같이 무참히 짓밟힌 장미꽃잎을 바라보던 알리시아의 입술에서 문득 이런 말이 흘러나왔다.

"카슈반 님은…… 자신을 싫어하시는군요."

알리시아는 상처 입은 짐승에게 다가가듯이 조용히 카슈반에게 가까이 갔다. 그런 알리시아에게 카슈반이 어깨를 움찔 떨며 반응했다. 하지만 그래도 얼굴은 들지 않았다.

그래서 알리시아는 더욱 가까이 다가갔다. 순간 몸을 빼려던 카슈반의 움직임에 호응해 알리시아는 자신도 놀랄 정도로 자연스럽게 말했다.

"카슈반 님이, 카슈반 님을 싫어하셔도…… 저는 카슈반 님을 좋아한답니다. 당신은 제 이상적인 서방님이시고, 가족이시고, 저를…… 구하러 와주신, 왕자님이니까요."

손을 뻗어 카슈반의 팔에 갖다 댔다.

사실은 얼굴을 만지고 싶었지만, 손이 닿지 않는다. 어쩔 수 없이 팔을 버팀목 삼아 발돋움을 해, 고개를 숙이고 있는 카슈반의 눈을 들여다보며 눈과 눈을 맞추고 미소를 지었다.

"싫은 것은 싫다고 말해도 좋다고 하셨죠. 저…… 카슈반 님이 괴로운 얼굴을 하시는 걸 보긴 싫어요."

독초조차 아무렇지도 않게 소화하는 알리시아의 '배를 아프게' 하는 것은 카슈반뿐이므로.

"제가 카슈반 님 몫까지 카슈반 님을 좋아할게요. 한쪽이 할 수 없다면 다른 한쪽이 해주면 돼요. 두 사람이 있다는 건 그런 것이라고 루아크가 전에…… 앗!"

카슈반의 손이 움직였다고 생각한 다음 순간, 강한 힘으로 끌어안겼다.

마치 으스러뜨리려 한다고 말해도 좋을 정도로, 조금도 사양하지 않는 강한 힘으로 끌어안겨 배는커녕 전신이 다 아팠다.

"카, 카슈반 님…… 괴로…… 웅."

턱이 들어 올려지더니 그대로 입술이 카슈반의 입술로 틀어

막혔다.

조금 전 지스칼드에게 당한 것과 똑같았는데도 알리시아의 몸 안을 내달린 감정은 혐오감도 공포도 아닌, 열기 띤 저릿함이었다.

"……하아."

길지는 않은 입맞춤에서 해방된 후에도 강한 팔은 여전히 알리시아를 끌어안고 있었다.

몸이 삐걱거리고 '배가 아파' 와서 알리시아는 혼란스러워하며 해방해주기를 호소했다.

"저, 기…… 카슈…… 부탁…… 좀, 놔……."

"왜 넌 항상 그렇지……! 나는 오델 후작이 네게 손을 대려는 줄 알면서도 제지하지도 않은 최악의 남편이다."

알리시아의 호소도 들리지 않는지, 감정이 극에 달한 모습으로 중얼거리는 카슈반의 목소리는 떨리고 있었다.

그 목소리를 듣고 있으려니 삐걱삐걱 몸을 조이는 이 고통마저도 어딘가 달콤하게 느껴지는 이유는 어째서일까?

"너무 내…… 어리광을 받아주지 마라."

"……카슈반 님……."

"나는 꿈을 꾸는 데에 익숙지 않아. ……부탁이니까 더는 높은 곳을 보지 않게 해줘. 내가 아직 네 손을 놓을 수 있을 정도로 제정신을 유지하고 있을 수 있는 사이에. 너는……."

"신파극은 다 끝나셨나요?"

조소를 담은 차가운 목소리가 들려와 카슈반은 퍼뜩 놀라 팔을 풀었다.

언제부터 거기 있었을까. 조금 떨어진 장소에는 지스칼드가 서 있었고, 등 뒤에는 에르티나까지 지루하다는 표정을 짓고 있었다.

"이거 실례했습니다. 훔쳐 듣는 건 죄송한 일일까 그렇게 생각했습니다만, 아무래도 한창 분위기가 무르익은 듯 보여 방해하기도 죄송하다고 생각해서 말이지요. 게다가 저 이외에도 훔쳐 듣는 자가 있더군요. 부하들을 시켜 쫓아버렸습니다."

서툰 연극이라도 본 태도로 말을 하고는, 지스칼드는 굳어버린 알리시아와 카슈반을 향해 손을 내밀었다. 아무래도 루아크는 쫓겨난 모양이었다.

"자, 알리시아 님. 이쪽으로."

조금 전에 하던 얘기를 계속하자는 듯이 뻗어온 손을 보고 알리시아는 점점 몸을 굳혔다. 카슈반은 아내를 안은 팔에 힘을 주었다.

"왜 그러시나요? 알리시아 님. 라이센 강공작도, 왜 그렇게 저를 노려보십니까?"

"……시…… 시이르 님도, 부인도 계시는데."

순간적으로 알리시아의 입을 뚫고 나온 이름은 방에서 쉬고 있다고 들은 시이르와, 나른한 표정으로 이쪽을 안 보는 듯이 보고 있는 에르티나에 대해서였다.

"시이르 님은 지스칼드 님 애인으로 당신을 무척 좋아하고 있잖아요? 그런데…… 또 부인께서도 바로 거기 계시는데."

"예. 분명히 시이르 님과는 친하게 지내고 있습니다. 저도 시이르 님을 싫어하지 않습니다. 에르티나 님도 물론 사랑하고 있지요."

주눅 든 기색 없이 말하고 지스칼드는, 그러나 하고 말을 계속했다.

"시이르 님은 즐기는 범위를 넘으려고 하십니다. 제가 아내가 있는 몸, 그것도 에르티나 님과 같은 고귀한 공주님을 아내로 두고 있음을 알면서도 애인을 넘어서는 관계를 요구하시다니…… 연애 유희의 규칙을 잘 모르시더군요. 그 점에서, 에르티나 님이나 알리시아 님, 두 분은 과연 이름 높은 명문가의 영애. 수많은 애인에게 사랑받는 일이야말로 신사 숙녀의 지위를 높이는 일임을 잘 이해하고 계십니다."

로벨 가를 바보 취급하는 말을 늘어놓고, 지스칼드는 짓궂게 웃었다.

"게다가 슬슬 시이르 님도 결혼하셔야 할 시기가 가까워지고 있습니다. 원조를 해드리는 가문의 여성이 적령기를 넘긴다는 오명을 쓰는 일은 사양입니다. 그러기 위한 무도회이기도 했는데, 그분은 저 이외에 다른 남자와 춤추길 어린아이처럼 싫어하시더군요. 이거 참……."

한숨 섞인 목소리로 말하는 지스칼드를 노려보던 카슈반이 문득 시선을 움직였음을 알리시아가 알아차렸다.

"시이르 님……."

조금 떨어진 그늘에 조심스러운 기색으로 서 있는 작은 체구의 소녀. 시이르의 등장은 지스칼드에게 있어서도 예상외였으리라. 살짝 초조한 얼굴이 되었다.

"……시이르 님, 어떻게 되신 겁니까. 이런 시간에, 그렇게 얇은 복장으로 시녀도 동반하지 않고…… 좋은 의사를 불렀으니 느긋하게 기다리고 계시라고 말씀드리지 않았습니까."

"죄송합니다. 고가의 약을 처방받기보다 지스칼드 님을 만나는 편이 분명히 빨리 나으리라 생각해서…… 하지만…… 분명히…… 효과가 있긴 했습니다. 무척이나."

가면을 붙여놓은 듯 무표정한 얼굴을 하던 시이르는 거기까지 말하고 생긋 웃었다.

"꿈, 꿈을 꾸게 해주셔서 감사했습니다. ……지스칼드 님."

미소 짓는 그 눈에서 눈물이 방울방울 흘러 떨어졌다.

"혀…… 현실까지, 보여주셔서…… 감사……."

끝까지 말하지 못하고 시이르는 몸을 돌려 저택 쪽으로 달려갔다.

"흥이 깨졌네."

시이르의 모습이 보이지 않자 에르티나가 중얼거렸다.

"나는 슬슬 방으로 돌아갈게요. 지스. 당신도 오늘 밤은 이 정도로 해두면 어때요?"

차가운 어조로 말하고 에르티나는 재빨리 걷기 시작했다.

"……결국은 농민의 피를 이은 벼락출세한 5가문 중 하나라는 말인가. 물러날 때의 미학을 모르시는군."

똑같이 차가운 어조로 내뱉고 지스칼드는 알리시아에게 우아하게 인사를 보냈다.

"그럼 알리시아 님. 내일에라도 다시 뵙죠."

이미 그 머릿속에 시이르는 존재하지 않는 것이리라. 부인을 방까지 배웅할 생각인지, 에르티나를 쫓아가 버리고 말았다.

"정말 안 되셨어요, 시이르 님……."

시이르는 알리시아도 알 수 있을 만큼 지스칼드를 꿈꾸던 왕자님이라고 연모하고 있었다. 아무리 비극의 여주인공에 심취해 있었다고 해도…… 정도에서 벗어난 사랑을 하기에 어쩔 수 없이 그늘에 서 있어야 하는 것과도, 이제는 질렸다는 듯이 체면 상하지 않는 선에서 다른 남자와 결혼해야만 하는 것과도 달랐기 때문이다.

"어쩌죠……. 시이르 님도 카슈반 님 애인으로 삼으시겠어요……?"

알리시아가 우선 대책을 입에 올렸다. 그런 알리시아를 안은 카슈반의 팔에 다시 힘이 들어갔다.

"—더는 못 참아."

멀어져가는 지스칼드의 등을 노려보며, 카슈반은 결의한 표정으로 말했다.

"대체 시이르에게 뭐라 말씀하셨습니까, 오델 후작."

5일 뒤 조식회 공기는 험악한 얼굴을 한 키리안의 한마디에 일변했다.

이미 식사 자체는 끝났지만, 아직 다들 자리를 지키고 있었다. 상석에 앉은 키리안에 이어 지스칼드, 에르티나, 티르나드, 알리시아.

전날까지는 '기분이 좋지 않다'고 일관하던 에르티나가 자리를 지키고 있었지만, 시이르의 모습은 보이지 않았다. 방에 틀어박혀 아무와도 만나고 싶지 않다고 말한다고 했다.

그 이유를 시이르는 확실하게 말하지 않은 듯했지만, 키리안은 대충 짐작이 가는 모양이었다. 키리안의 눈에는 억누른 분노가 깃들어 있었다. 그러나 지스칼드는 마치 남의 일이라는 표정을 짓고 있었다.

"키리안 님. 손님이 계시는 식사 자리에서 그러한 일은."

"모, 모두 있는 앞이 아니면 후작께서 대답을 해주지 않으시려고 하시기 때문입니다. 저도 사람들에게 동생의 수치를 들려주고 싶지는 않습니다. 그러나 여동생에게 수치를 안긴 사람은 당신입니다……!"

키리안은 지금까지 줄곧 지스칼드에게 전폭적인 신뢰를 보내왔다. 그러나 여동생을 사랑하는 마음에 자신을 잊었을까, 의자를 박차고 자리에서 일어섰다. 그런 그를 지스칼드는 차가운 눈으로 힐끗 바라볼 뿐이었다.

"키리안 님. 자리에 앉으시지요. 벼락출세한 귀족이라고 경멸당하고 싶지 않다고, 당신은 내게 몇 번이나 말했습니다. 일상적인 언동에서 출신이 강하게 드러납니다. 조심하세요."

"……아직 혼약도 하지 않은 몸으로, 그것도 오델 후작과…… 저는 말렸습니다, 처음부터 줄곧. 언젠가 네가 상처받을 뿐이라고."

다시 자리에 앉긴 했으나 키리안은 필사적으로 지스칼드를 물고 늘어졌다.

"그러나 시이르는 당신에게, 아내가 있는 몸이기에 자신을 애인으로 삼을 수밖에 없다고 들었다면서……! 다, 당신 정도의 사람이 설령 독신이라 하더라도 시이르와 결혼해주실 리 없다는 사실은 저도 압니다. 시골의 순박한 아가씨에게 꿈을 꾸게 해놓고서는, 이렇게."

"걱정하지 않으셔도 로벨 가에는 원조를 계속할 겁니다."

눈썹 하나 까닥하지 않으며 지스칼드는 대답했다.

"이 저택을 유지하는 데에만도 지출이 대단할 겁니다. 로벨 가 재력으로는 도저히 버틸 수가 없을 테지요. 하지만 그 정도 무도회를 열어놓고 지금 와서 손을 털 수도 없는 노릇 아닙니까. 물론 시이르 님에게도, 당신에게도 걸맞은 결혼 상대를 찾아드릴 겁니다. 그 이상 대체 무엇을 바라십니까?"

"……저도, 제 여동생도 그런 일을 바라던 것이……!!"

"……로벨 자작. 그만하세요."

티르나드가 걱정스럽게 말을 걸었을 때였다.

"라이세……, 아, 자, 잠깐 기다려주십시오!"

밖에서 난폭한 구두 소리가 들려왔다.

밖에서 대기하던 시종들이 초조한 목소리를 내는 가운데, 스스로 문을 열고 들어온 사람은 망토의 안감 외에는 온통 새카만 여느 때 의상을 갖춰 입은 카슈반이었다.

등 뒤에는 트레이스와 세이그람까지 있었다. 카슈반에게 뭔가 명령을 받았다면서 요 며칠간 모습을 보이지 않았던 두 사람.

"이거 이거, 라이센 강공작. 사람을 불러놓고 꽤 느긋하게 등장하십니다."

지스칼드가 재빨리 날린 빈정거림처럼, 전부 식사를 끝냈는데도 자리에 남아 있던 이유는 카슈반이 '할 이야기가 있다'고 해서 그를 기다리고 있었기 때문이다.

그러나 카슈반은 싱긋, 평상시라면 상상도 할 수 없을 정도로 활짝 웃었다.

"아아. 늦어서 미안하군, 오델 후작. 사과할 테니 용서하라고."

실내 공기가 얼어붙었다.

뻔뻔스러운 데에도 정도가 있다고 말해주고 싶은 태도에 지스칼드는 굳어버렸다. 그러나 알리시아는 아아, 하는 얼굴을 했다.

"그래요. 사과하면 분명히 용서해주실 거예요. 지스칼드 님, 저도 사과하겠사오니 카슈반 님을 용서해주세요."

달콤하고 상냥한 말보다 카슈반의 이런 어투가 더 익숙했다. 조금 기뻐진 알리시아가 말을 덧붙이자 지스칼드의 얼굴이 한층 더 경련을 일으켰다.

"……대체 무슨."

지스칼드가 힐문하려는데 가로막고 카슈반은 알리시아와 티르나드를 불렀다.

"알리시아, 티르. 이리로 와라. 그런 남자 곁에 계속 붙어 있다간 임신할 거야."

"어? 아, 예."

"어이, 라이센. 혼란을 틈타 정말로 날 애인 취급하는 거냐?!"

트레이스와 세이그람이 의자를 잡아 빼는 바람에 언제나 솔직한 알리시아와 결국 솔직한 티르나드는 카슈반 옆으로 다가왔다.

"—대체 무슨 생각이신가, 라이센 강공작."

키리안을 비롯한 다른 사람들은 멍청히 있었으나, 지스칼드는 이미 분노를 표출할 수 있을 정도로까지 태세를 바로잡고 있었다.

"실성이라도 하셨나? 그렇지 않으면 여흥의 일종인가? 시시하군. 출신을 드러내는 행동은 빨리 그만두시게."

"내 출생과 성장 과정에 관해서는 당신도 잘 알고 계실 텐데요, 오델 대후작 각하. 흥. 그건 그렇고 화가 날 정도로 아름다운 얼굴이군. 솔직히 뚱뚱하게 살찐 영감탱이나 빼빼 마른 음험한 얼굴에 어울리는 성격이라고 생각했는데, 외견만큼은 나쁜 소리를 할 수 없어서 유감이군."

사양도 뭣도 없는 말에 지스칼드는 결국 자리에서 일어섰다.

출신이 드러난답니다, 라고 충고하려는 알리시아를 트레이스가 필사적으로 입을 막아 조용히 시켰다.

"대체 무슨 생각이냐고 물었다."

"이런 생각이다."

카슈반의 손이 허리로 미끄러지더니, 스릉 검을 뽑았다. 조금 전 그를 막으려다가 채 막지 못했던 로벨 가 시종들이 짧게 숨을 삼켰다.

검을 차고 있다는 사실을 알아차리지 못했으리라. 그러나 다른 사람의 저택에서, 식사 자리에 검을 차고 오는 일 자체가 비상식적이다. 알아차리지 못해도 무리는 아니었다.

거기다 뽑아 들기까지 한 검을 똑바로 지스칼드를 향해 들이대고 있었다.

"선전 포고다, 오델 후작 각하."

"……역시 실성한 모양이군."

잠시 침묵한 뒤, 지스칼드는 가엾다는 눈을 했다.

"한 번 아즈베르그로 돌려보낸 병사를 다시 불러들이다니 어쩔 생각인지 궁금했는데, 정말로 이런 수단으로 나올 줄이야. 제정신으로 이런 짓을 벌였을 거라고는 생각할 수가 없군."

카슈반은 무도회 준비만이 아니라, 거친 일을 벌일 걸 예측해 병사까지 준비해둔 모양이었다. 지스칼드의 말을 듣고 일단 병사들을 물린 모양이었지만 세이그람과 트레이스에게 명령해 다시 불러들인 것 같았다.

그렇다면 이곳에 올 준비를 하는 데 시간이 걸린 것도 당연했다. 그렇게 수긍한 알리시아를 곁눈으로 바라보며 지스칼드는 한숨을 내쉬었다.

"설마 표면적으로는 병사를 물려 안심시켜놓고, 다시 불러들여서 뒤통수를 치겠다고 생각하고 벌인 일은 아니겠지?"

"당연하지. 그럴 거라면 저렇게 당당하게 병사를 부르거나 하지는 않는다."

태연하게 카슈반이 대답하자 지스칼드는 또다시 한숨을 쉬었다.

"지방백을 차례차례 손에 넣자 자신이 대단해졌다는 착각에 빠졌나. 설마 진심으로 공작 다음으로 국왕 자리까지 올라가려는 망상을 품고 있나?"

그 말을 듣고 알리시아는 이전에 세이그람이 카슈반을 부추겼던 사실을 떠올렸다. 야심은 없는가, 차라리 국왕 자리에까지 올라갈 생각은 없는가…… 라고.

카슈반 자신의 의사는 어떻든지, 어느샌가 주변 거의 대부분의 지방백과 친교를 맺고 있는 그의 존재는 지스칼드의 눈에는 반역자 예비군쯤으로 비쳐지는 듯했다.

"아무리 어리석은 자라도 알 수 있도록 몇 번이고 설명했다. 오델 지방과 아즈베르그 지방의 재정 차이. 모을 수 있는 병사 수의 차이. 나와 네놈의 영주로서의 인망의 차이. 왕가와 인연을 맺었고, '날개의 기도' 교단과도 손을 잡은 내게 이를 들이대면 비참한 꼴을 당하는 사람은 네놈만이 아니야."

명백한 협박 문구에 알리시아와 티르나드는 걱정스러운 듯이 카슈반을 바라보았다.

그러나 카슈반은 줄곧 자신을 억죄고 있었던 협박을 코웃음 하나로 가볍게 날려버렸다.

"제정신으로 이런 소리는 못하지. 하지만 귀공이 실컷 반복해주셨듯이 나는 아버지를 똑 닮아서 말이야. 아버지처럼 머리도 이상해진 모양이거든."

카슈반은 그렇게 빈정거리며 눈을 살짝 가늘게 떴다. 그런 뒤, 옆에 있던 알리시아의 어깨를 강하게 끌어안았다.

"하지만 지금 한 말은 진심이다. 나는 인간도 아니라고 자각하고 있지만, 아직 네놈보다는 낫겠지. 아즈베르그의 영주 자리도, 알리시아도 호락호락 네놈에게 넘기지는 않겠다."

결국 지스칼드를 '네놈'이라고 부른 카슈반은 갑작스러운 일에 얼굴을 붉힌 아내를 단단히 안은 채 선언했다.

"오델 후작. 네놈 같이 여자를 함부로 하는 남자를 나는 세상에서 제일 싫어한다. 네놈이 그렇게 좋아하는 라그라드르인을 잔뜩 동원해 실컷 야만스러운 싸움을 벌여줄 테니 각오해라. 네놈을 포로로 잡으면 죽을 때까지 생선을 먹여줄 테니 그리 알라고!"

이야기에 나오는 악역과도 같은 대사를 듣고 지스칼드는 단정한 얼굴을 살짝 일그러뜨렸다.

"……뭐가 포로냐, 네놈. 자신들이 지금 어디에 있는지 알고는 있나? 최후의 발악으로 병사를 불러들인 건 좋지만, 가장 중요한 지휘관은 적지 한복판에 있다고. 덧붙여 병사도 상당한 강행군을 강요해 꽤 피폐해졌을 텐데."

그렇게 말하며 지스칼드는 바로 방문 근처에 모여 있는 병사들에게 눈짓했다. 페이트린 지방 출신이라고 생각되는 젊은이들이었다. 어딘가 순박해 보이는 시종과는 명백히 분위기가 다른 그들은 훈련의 성과인지 움직임에 군더더기가 없었다.

"이 로벨 가 저택은 내 저택과도 마찬가지다. 예의 사신에게 묘한 행동을 취하게 했나 보지만 내 부하 중에도 뛰어난 실력을 갖춘 자는 많다. 포로로 잡다니 물러터진…… 그럴 필요 없이 여기서 네놈들 전부 처형하겠다!!"

마치 이야기책에 나오는 악당처럼 지스칼드가 차갑게 외쳤다. 지스칼드의 명령에 알리시아의 어깨를 안은 카슈반의 손가락 끝에 힘이 들어갔다.

어느샌가 트레이스도 세이그람도 전부 검을 뽑고 있었고, 세이그람은 등 뒤로 티르나드를 감싸고 있었다.

다른 두 사람은 둘째 치고 카슈반과 세이그람이 얼마나 강한지 알리시아는 잘 알고 있었다. 그러나 머릿수가 너무 차이가 났다. 게다가…….

"남은 병사들은 아즈베르그로 향해라. 라이센 강공작은 왕가에 반역을 일으켰다! 이를 단숨에 제압하고 내가 새 영주가 되겠다. 그 뜻을 아즈베르그의 영민에게 전해라!!"

처음부터 이럴 예정이었으리라. 지스칼드는 즉시 아즈베르그 지방으로 침공하라고 명령했다.

그 목덜미에 갑자기 은색의 뭔가가 들이대졌다.

"루아크!"

지스칼드의 등 뒤에 홀연히 나타난 사신 소년의 이름을 알리시아는 저도 모르게 부르고 말았다.

"오델 후작, 죄, 죄송합니다……! 이 녀석, 지금까지와는 움직임이 완전 달라……!!"

루아크를 감시하던 체격이 좋은 병사가 근처 기둥에 기대서서 몸을 지탱하며 사죄했다. '비료불요초'의 독에 당했으리라. 언뜻 보기에 외상은 없었지만 혀가 잘 돌아가지 않았다.

작게 혀를 찬 지스칼드 정면으로 돌아선 루아크는 알리시아의 부름을 무시하고 말했다.

"하하. 눈썹 하나 깜짝 안 하네. 과연 수준이 다른걸, 지스칼드 형님."

"루아크!"

이번에는 카슈반이 외쳤지만 루아크의 반응은 차가웠다.

"거참 시끄럽네. 좀 조용히 해줄 수 없어? 누군지 모르는 형."

그 쌀쌀맞은 말을 듣고 카슈반은 얼굴을 일그러뜨렸다.

"—이봐. 시치미 떼지 말라고, 루아크. 겉으로 나오지 말고 이곳에서 도망칠 퇴로만 확보해주는 것만으로도 충분하다고 했을 텐데."

"저기, 지스칼드 님. 당신, 이전에 내 형을 이용해서 꽤 웃기는 일을 벌여주었던데."

루아크는 '사이드'의 일을 꺼내 들며 일부러 그러는 듯이 시비를 걸었다. 그런 루아크에게 카슈반은 가까이 다가갔다.

"루아크! 그만두라고 했다. 네게 모든 걸 떠넘기려고 곁에 둔 게 아니다! 무엇보다 이 남자는 우리 관계를 알고 있다고. 그 일을 두고 실컷 비아냥거렸으니까 말이다!!"

밤의 정원에서 지스칼드는 알리시아에게 루아크를 알고 있다는 냄새를 풍겼다. 주인 부부의 입장을 한층 더 곤란하게 만들겠다고 생각했기에 루아크는 그때 모습을 드러내길 주저했다.

그러나 지금 루아크는 당당하게 사람들 앞에 모습을 나타냈다. 그리고 카슈반을 '모른다'고 말했다.

"알았으니까 좀 조용히 해주겠어? 진실 따위는 정치 무대에서는 아무래도 좋다고. 세상 사람들에게 진실로 인정받는 게 중요하지. 그렇죠? 지스칼드 니임. 이쪽은 더는 사태가 나빠질 리가 없고 하니 할 수 있는 일은 해볼 생각인데요."

그 말에 담긴 암시의 의미를 지스칼드는 한순간에 파악한 듯했다.

"네 개인적인 원한으로 끝낼 생각이냐? 아름다운 충성심이군. 그도 괜찮겠지. 나를 여기서 죽일 거라면 어디 한번 죽여 봐라."

독침으로 위협받는 사람이라고는 생각할 수 없는 태도로 지스칼드는 도발했다.

"제대로 전쟁을 치르면 이길 수 없다고 생각한 점만큼은 칭찬해주지. 하지만 그런 서툰 연극으로 라이센과의 관계를 속일 수 있겠다고 정말로 생각하는 건 아니겠지? 독단으로 나를 죽인다고 네놈 주인의 죄가 면죄되지는 않아."

소용없는 짓이라고 단언하고 나서 지스칼드는 독침 너머로 루아크를 내려다보았다.

"루아크라고 했나. 네놈의 실력, 소문 이상이로군. 라이센보다 나를 주인으로 택해라. 그 나름대로 대우를 약속해주마."

"헤. 지금 그런 말이 잘도 나오네. 그거 좋은데, 나도 모르게 마음이 움직일 뻔했는걸. 하지만 싫어. 당신, 내 사신 공주한테 손을 댔으니까."

함부로 모습을 나타낼 수 없었기 때문에 알리시아를 지스칼드의 입맞춤에서 보호하지 못했던 일. 그 일을 후회하는 것 같았다.

도통 사람 말을 들으려 하지 않는 루아크에게 알리시아는 반사적으로 외쳤다.

"루아크, 루아크! 봐요. 이렇게 당신을 부르고 있잖아요! 이제 와서 모르는 척해도 소용없어요. 당신은 내 아들이에요! 누구 한 명이라도 없어지면 더는 가족이 아니에요!!"

카슈반은 손을 뻗어 루아크를 밀어내려 했다.

"루아크, 너 혼자 폼 재게 놔두진 않을 거다! 비켜. 내가 지금 이 자리에서 저 자식의 머리를 베어버리겠다!!"

각각 루아크의 폭주를 막으려는 부부의 목소리에 무척 즐거워하는 웃음소리가 겹쳐졌다.

"……후후후, 아하하하하하!"

순간 알리시아는 루아크가 웃음을 터뜨렸으리라 생각했지만, 낭랑한 목소리는 여자의 것이었다.

아직도 멍하니 있는 키리안과는 대조적으로 그저 지루한 듯 일련의 사건을 바라보던 에르티나였다.

"정말 시시한 남자라고 생각했는데…… 꽤 하는군요, 카슈. 거기에 알리시아!"

에르티나는 자못 재미있다는 듯이 웃으며 자리에서 일어섰다. 그리고 하얀 손가락을 흔들어 지스칼드가 부른 병사들에게 명령했다.

"우선, 너희. 물러나라."

"에르티나 님?!"

그 말에 흠칫한 지스칼드를 무시하고 에르티나는 평상시 나른한 모습은 거짓말처럼 생각할 정도로 빠릿빠릿하게 명령했다.

"그리고 아즈베르그 침공도 그만둬. 어차피 하지 않을 거라 생각하지만."

"알았습니다."

책임자로 보이는 남자가 정중하게 에르티나에게 고개를 숙였고, 그것을 신호로 삼아 병사들은 즉시 자리에서 물러났다.

"루아크라고 했던가요? 당신도 그 이상한 침을 치워줘요."

"아. 어 그니까. 예이."

눈을 껌뻑거리면서도 루아크는 에르티나가 시킨 대로 무기를 내렸다.

지스칼드는 반사적으로 카슈반을 보았다. 그러나 알리시아도, 카슈반도 검을 쥔 채 놀라서 멍청히 서 있을 뿐이었다.

"……대체 어떻게 된 겁니까? 에르티나 님."

이 상황 변화를 앞에 두고도 그렇게 물을 수 있을 정도의 여유가 아직 지스칼드에게는 남아 있었다.

"어떻게 된 거냐니, 저들은 내가 시집올 때 함께 데려온 국왕군 병사예요. 내 명령에 따르는 게 당연해요."

"……그런 걸 묻는 게 아닙니다. 이 남자가 그렇게 마음에 드셨습니까? 분명히 지금까지 당신이 두었던 애인과는 조금 종류가 다르긴 합니다만."

지스칼드가 힐끗 카슈반을 돌아보았다. 그런 그에게 에르티나는 고개를 저어 보였다.

"아뇨. 전혀. 알고 있겠지만 전 얼굴을 따지는 데다가, 그런 재미없는 시골 출신에게는 관심 없어요."

"하하. 그렇게나 들러리로 삼아놓고는 말이 되게 심한데. 카슈반 형님…… 아이쿠, 미안해. 도중에 혼자 내팽개쳐 둬서. 저기, 들어와."

에르티나의 혹독한 평가에 웃던 루아크가 말을 사람은 열린 채 방치돼 있던 방문에서 조심스럽게 얼굴을 내민 시이르였다.

"어머, 시이르 님! 몸은 괜찮으신가요?"

"알리시아 님. 아뇨. 아직 완전히 좋아지지는 않았습니다만……. 이분이 왕자님의 가면을 벗겨 주신다기에……."

당혹스러운 기색으로 시이르는 루아크를 가리켰다. 아무래도 루아크가 방에 누워 있던 시이르를 억지로 끌고 나온 듯했다.

"……에르티나 님. 그럼 어째서 이런 일을 하셨습니까?"

한순간 시이르와 루아크를 본 후, 지스칼드는 또다시 아내에게 물었다.

"그건 말이죠, 지스. 당신이 모르는 점이 몇 가지가 있기 때문이에요."

의미심장한 전제를 깐 후, 에르티나는 설명을 시작했다.

"예를 들어 당신은 '날개의 기도' 교단을 방해꾼으로 취급하며 왕가의 권위를 높이려고 혈안이 돼 있죠. 장래 자신이 왕이 되기 위한 포석이라는 사실을 아바마마께서는 처음부터 알고 있었다, 라거나."

지스칼드가 가볍게 눈을 크게 떴고, 알리시아는 의외라는 표정을 지었다.

"어머, 지스칼드 님도 임금님이 되고 싶으신가요?"

"……이봐, 알리시아. '도'라니 뭐냐. 위험한 발언은 삼가 달라고."

자신에게는 그런 야심이 없다고 강조하면서, 카슈반은 한편으로는 수긍했다.

"흐응…… 과연. 인간은 타인에게서 자신이 가지고 있는 어둠을 본다더군. 덧붙여 이 말은 발로이가 했다."

라그라드르인을 싫어하는 지스칼드를 그렇게 비꼬았다. 지스칼드는 마치 쏘아 죽일 것 같은 눈으로 카슈반을 노려보았다.

"인간이란 변하려 한다면 얼마든지 변하는군, 라이센. 바로 어제까지만 해도 내게 시골 출신 나름대로 예의를 지켰던 주제에."

"귀공의 인격에 머리를 숙인 것이 아니라, 상황에 머리를 숙였던 것에 불과했으니까. 상황이 변하면 태도도 변하는 법이지."

두 사람 사이에 험악한 분위기가 감돌기 시작했다. 그런 두 사람을 바라보면서 에르티나는 즐거운 듯이, 하지만 조금은 쓸쓸히 중얼거렸다.

"그랬기에 아바마마는 나와 당신을 결혼시켰어요. 오델 후작가의 힘을 흡수하고, 당신을 자신의 눈이 닿는 곳에 두고 행동을 감시하려고 말이죠."

"—그리고 라이센을 지배하에 두면 내 세력이 너무 강해진다, 그게 두려워 마지막에 와서야 태도를 바꿨다는 겁니까?"

지스칼드는 앞 머리카락을 쓸어 올리며 한숨을 내쉬었다. 그러는 그의 표정에는 지금까지의 우아함이 돌아와 있었다. 다소 무리를 하고 있기도 했겠지만, 그래도 태도가 완전히 흐트러지지 않은 점이 훌륭했다.

"……한 방 먹은 셈이로군요. 당신 아버님이 거기까지 생각하고 계셨다는 점에는 놀랐습니다만."

"분명히 아바마마는 겁쟁이에 의심을 잘하시죠. 하지만 그런 만큼 자신의 지위를 위협할 상대에게는 무척 민감하세요. 거기다 설령 아바마마가 눈치채지 못하셨다 하더라도 스탕발 일족이 눈감아줄 리 없잖아요?"

실딘 국왕을 대대로 보좌하는 재상을 배출하는 스탕발 일족.

각지의 귀족이 각각의 세력을 가진 이 나라를, 우매한 왕으로 소문이 난 에르티나의 아버지가 간신히 하나로 묶어놓을 수 있

는 이유는 그들의 활약이 있었기에 가능했다.

"……그렇군요. 잘 알았습니다. 매우 잘."

차가운 목소리. 차가운 표정.

알리시아조차도 등골이 오싹할 정도로 눈보라와도 같은 위압감을 온몸에 휘감으며 지스칼드는 턱을 가볍게 치켜들었다. 그가 응시한 자는 어째서인지 세이그람의 뒤에 서 있는 티르나드였다.

"레이덴 백작. 유란이라는 남자가 당신을 만나고 싶어 합니다."

"……어……?"

눈과 눈이 마주치기 무섭게, 당황해서 세이그람의 등 뒤에 숨으려던 티르나드가 어정쩡한 자세로 얼어붙었다.

마침 지금의 티르나드처럼 뭔가 무서운 꼴을 당하면 바로 주인의 등 뒤로 숨었던 사람. 티르나드의 전 후견인의 모습을 알리시아는 기억해 냈다.

"유란 님? 하지만…… 그분은."

'날개의 기도' 교단의 성직자 유란. 유연하고 느긋한 성격에 실언을 잘하고, 인상도 행동도 전부 미덥지 못한 호리호리한 체구에 긴 흑발을 지닌 청년.

레이덴 지방에서 농민 반란이 일어난 후, 오직 혼자 살아남은 티르나드를 온갖 어리광을 다 받아주며 상냥하게, 자신의 실력에 맞지 않은 오만함을 고쳐주지 않으며 키운 남자.

티르나드를 이용해 카슈반을 처리하려는 계획을 세운 유란을 최종적으로 루아크의 독침으로 찌른 사람은 알리시아였다. 유란을 속이기 위해 독침으로 자신을 찌른 알리시아는 '비료불요초'에 내성이 있었던 덕분에 깊이 잠드는 정도로 끝났다. 그러나 겉으로 보기에도 체력이 강하지 않았던 유란은 죽었다고 생각했다. 그랬는데…….

"교단에서 처형될 뻔했다는 모양입니다만, 지금은 완전히 회복했더군요. 손수 공들여 키운 귀여운 도련님이 하필이면 라이센 가의 후견을 받고 있다는 사실을 알고 상당히 걱정하고 있더군요."

차갑게 웃은 지스칼드는 험악한 얼굴을 한 카슈반에게도 똑같이 냉소를 지어 보였다.

"지방백의 영애를 돈으로 사고, '날개의 기도' 교단에서 레이덴 지방을 빼앗는다는 폭거에 나섰으면서도 왜 네놈이 지금까지 대단한 반격을 받지 않고 태평하게 지낼 수 있었는지 아느냐? 다 내가 뒤에서 손을 써서 교단의 움직임을 방해했기 때문이다. 녀석들에게 힘을 더 실어줄 줄 정도라면 차라리 네놈에게 한때나마 꽃을 들려주는 편이 낫다고 생각했지."

언젠가 지스칼드 자신의 손으로 그 힘을 손쉽게 빼앗을 수 있다는 생각을 했기에 그리했으리라.

그러나 지금 카슈반은 지스칼드가 협력하고자 내민 손을 힘껏 걷어차 버렸다.

"자신이 지금까지 누구의 날개에 보호받았는지…… 바로 후회하게 될 거다. 알리시아 님, 레이덴 백작. 생각이 바뀌시면 바로 제게 연락을 주십시오. 같은 지방백으로서 부끄럽지 않을 정도의 생활을 약속하겠습니다."

의기양양하게 턱을 들고 어디까지나 우아하게 인사하는 모습은 이미 예술의 경지에 이르러 있었다. 움찔한 시이르의 곁을 지나 지스칼드는 성큼성큼 자리를 떴다.

"자기에게 자신이 있는 남자는 왕자보다 왕이 되고 싶은 법이죠……."

작게 한숨을 쉬며 말하곤, 에르티나는 방에 남은 일동을 둘러보며 생긋 웃었다.

"아— 아. 나, 또 지스에게 미움받을 일을 해버렸네."

그때까지의 나른했던 분위기와는 대조적으로 표정이 산뜻하고 밝았다.

아직도 멍청히 서 있는 남성진에게는 아랑곳하지 않고 알리시아는 이상하게 생각하며 물었다.

"어머. 하지만 오델 후작 부인은 지스칼드 님보다 다른 애인들과 함께 계시는 편이 더 즐거우시지 않았나요?"

"그래요. 즐겁답니다. 지스와 달리, 다들 떠받들어 주는걸."

시원스럽게 대답한 에르티나는 어깨를 가볍게 움츠리며 알리시아에게 되물었다.

"그렇게 말한 사람은 지스죠? 정말이지 그 남자, 매번 똑같은 수법을 쓴다니까……. 어차피 형태뿐인 부부라느니, 나는 남편에게 관심이 없다느니, 주저리주저리 떠들어댔겠죠."
"어, 그게. 그랬답니다. 이야기를 진지하게 들어주시지 않는다든가, 읍읍."
에르티나의 말에 이끌려 에르티나의 험담을 입에 올리려는 알리시아의 입을 틀어막으며 카슈반이 매우 복잡한 표정으로 머리를 숙였다.
"감사의 인사를 드려야 하겠지요. 오델 후작 부인."
"당연하잖아요. 설령 지스를 죽이고 이 자리에서 도망친다 하더라도 다음에는 아버지와 스탕발 일족에게 쫓기게 될 뿐이에요. 정말이지, 입맞춤 한번 해주는데 이틀이나 걸린 남자를 위한 것치고는 수지가 안 맞네."
"오델 후작 부인!"
"아, 알리시아 님은 들으시면 안 됩니다!"
당황한 카슈반에 이어 트레이스가 낯빛을 바꾸며 알리시아의 귀를 막으려 했다. 그 광경을 보고 에르티나는 매우 이상하다는 듯이 웃었다.
"트레이스라고 했죠? 당신도 매번 카슈반에게 찰싹 달라붙어서 정말로 방해가 됐어요. 시간도 죽일 겸 좀 놀아주려고 했더니 갑자기 기도를 시작하지 않나……. 자자, 알리시아를 놔줘요. 나는 그 아이와 이야기를 하고 싶어요. 은인이 하는 말을 들어줄 수 없단 말인가요?"
왕녀로서의 권위를 이용해 명령을 내리자 트레이스는 마지못해 그에 따랐다.

"있죠, 알리시아. 당신 서방님은 정말로 시시한 남자예요. 내가 몇 번이나 유혹해도 '저 같은 시골뜨기와 놀아도 시시하시기만 할 겁니다'라고 말하면서 전혀 손을 안 대더군요."

카슈반은 불쾌하다는 얼굴로 모르는 척했다.

"반응이 너무 시시해서 내가 먼저 침대에 쓰러뜨렸는데, 이번엔 시시한 걸 넘어서 화가 나더라고. 마음이 없다는 게 빤히 보이는데, 기교만큼은 묘하게 뛰어나서 어중간하게 만족해버렸어."

"……오델 후작 부인!!"

더는 모른 척할 수 없어진 카슈반이 소리를 쳤다. 옆에서 트레이스가 '끝까지 가지는 않았을 겁니다! 분명히 그럴 겁니다!!'라고 마치 자기 일처럼 변명을 늘어놓기 시작했다. 그러나 에르티나는 천연덕스러운 얼굴을 할 뿐이었다.

"에르라고 불러주면 그만할게요."

"……오델 후작 부인. 부탁이니 제발 그만두십시오. 그렇지 않아도 이상한 별명이 하나 붙어서 곤란한 참입니다."

"알았어요. 후후. 카슈는 정말 시시한 남자네. 여자에게 어떤 남자가 가장 시시한 남자인 줄 아나요? 다른 여자에게 푹 빠진 남자야."

"에르!"

"싫어요, 내가 그만둘 줄 알고. 아무래도 좋을 남자가 애칭으로 불러줘 봤자 가슴이 두근거리지 않으니까."

깔깔 즐겁게 웃은 에르티나는 금색 속눈썹이 드리워진 눈동자를 살짝 내리깔았다.

"지스칼드가 그렇게나 강하게 의식해서 용의주도하게 준비해서까지 괴롭힌 상대인걸요. 그런 상대와 놀아나면 약간은 질투를 해주리라 생각했는데…… 바보 같아."

"……질투……?"

가슴 한구석에 들어앉았던 말을 알리시아가 작게 중얼거렸다. 에르티나의 시선이 그런 알리시아에게서 시이르에게로 옮겨갔다.

"미안해요, 시이르. 내 남편 때문에 험한 꼴을 당했죠?"

"……아, 아뇨……."

어색하게 중얼거리는 시이르에게 에르티나는 의외의 이야기를 하기 시작했다.

"사실은 말이죠. 나도 '꿈의 왕자님'의 광팬이에요. 당신과 비슷한 나이일 때, 몇 번이나 읽고 읽고 또 읽었죠."

"앗?!"

시이르가 눈을 크게 떴다. 그에 아랑곳하지 않으며 알리시아는 지극히 자연스럽게 맞장구를 쳤다.

"그러고 보니 오델 후작 부인, 그 이야기가 무척 재미있다고 말씀하셨죠."

"맞아요. 무척 재미있어요. 공주님이 납치될 뻔하면 왕자님이 구하러 달려오고, 다시 공주가 납치당할 뻔하면 왕자님이 다시 구하러 달려오고, 공주가 또 납치당할 뻔하면 왕자님이 또 구하러 달려오고, 공주님을 구하러 달려온 왕자님이 나쁜 용을 해치

우고 해피엔드. 문학성이고 뭐고 아무것도 없잖아요."

에르티나가 미소 지으면서 '꿈의 왕자님'을 평가하는 말을 듣고, 시이르가 순간 어이가 없다는 표정을 지었다.

그러나 에르티나의 표정은 매우 온화했고, 이전에 같은 말을 했을 때처럼 가시 돋친 그런 어조가 아니었다.

"문학성이고 뭐고 없지만…… 그게 좋은 거예요. 공주님이 위험할 때에는 반드시 왕자님이 달려와 주고, 마지막에 두 사람은 이어져서 행복해지죠. 꿈꾸는 소녀에게는 그것만으로 충분해요. 쓸데없는 사족은 필요 없어요."

그렇게 말하는 얼굴은 매우 아름다우면서도 약간 쓸쓸해 보였다.

"……옛날에, 여왕이 되려고 공부를 한 적이 있어요. 아바마마에게 자식이 나 하나밖에 없었으니까요. 자칫 잘못해서 다른 귀족을 왕가로 끌어들이기보다는 훨씬 낫다는 판단이었겠죠. 정치니 경제니 산더미처럼 많은 제왕학을 머릿속에 욱여넣는 틈틈이 멋진 연애 소설을 읽는 일이 유일한 낙이었어요."

"그러셨군요……."

에르티나가 먼 산을 바라보는 듯한 눈을 했다. 그런 에르티나를 바라보는 시이르의 눈동자에는 명백히 반짝거림이 되돌아오고 있었다.

"그중에서도 '꿈의 왕자님'은 내가 가장 좋아하는 책이었어요. 그래서 결국 남동생이 태어나고 나는 왕녀로서 결혼해야만 했을 때, 구혼자 중에서 지스를 발견하고 깜짝 놀랐죠. 지금 당장 죽어버리고 싶을 정도로 상태가 안 좋은 아저씨에 섞여 지랄 딘 님이 오신 셈이었으니까요……!"

"그렇죠. 저도 처음 뵀을 때, 그렇게 생각했답니다!!"

저도 모르게 동조한 시이르는 다음 순간, 얼굴을 빨갛게 물들이며 침묵했다. 그런 시이르를 에르티나는 기쁜 듯이 바라보았다.

"후후, 그렇죠? 그래서 나, 아바마마께 그 사람이 좋다, 무슨 일이 있어도 그 사람과 결혼하고 싶다고 호소했어요. 아바마마도 처음에는 떫은 얼굴을 하셨지만……. 아까도 말했듯이 아바마마도, 스탕발 일족도 지스의 야심을 눈치채고 있었어요. 마지막에는 내 희망대로 지스와 결혼을 시켜주셨죠."

보기 좋게 이용당하고 있다는 점도 모른 채 그저 들떠 있던 과거의 자신. 이를 가련하게 여기는 듯이 에르티나는 희미하게 웃었다.

"결혼할 때까지 지스는 정말로 왕자님이었어요. 달콤한 말, 화려한 춤 솜씨, 멋진 선물……. 그런데 딱 결혼을 한 후에는 여러분이 보신 대로죠. 여기저기 여자를 만들고 다니면서 그 점을 책망하면 '왕녀 전하나 되시는 분이 보기 추하게 질투를 하시다니'라고 말하고 싶은 눈으로 날 보는데……. 그러는 사이, 그런 내가 바보 같아지고 말았어요."

메마른 목소리로 일단 말을 끝맺은 에르티나는 하지만, 하고 말을 이었다.

"미안해요, 시이르. 그래도 지스는 나의 왕자님. 당신에게도 누구에게도 주지 않을 거예요."

"아뇨, 아니, 물론입니다, 오델 후작 부인!"

강하게, 에르티나가 살짝 뒤로 물러설 정도로 강하게 시이르는 외쳤다.

"저…… 줄곧, 줄곧 후작 부인을 차가운 분이라고 생각했어요……. 지스칼드 님이 불쌍하다고 말이죠……. 하지만."

돈 이야기를 할 때의 알리시아에게 지지 않을 정도로 눈을 반짝반짝 빛내는 시이르는 이미 절반 정도는 꿈의 세계로 빠져들고 있었다.

"차가운 왕자님을 계속 연모하는, 갸륵하고도 안쓰러운 공주님이셨어요……! 이젤리아네 공주와 놓인 처지가 좀 다르긴 합니다만, 분명히 비극의 주인공이세요……!"

"……말해두지만 해피엔드로 만들 생각이에요."

에르티나가 질려서 그렇게 중얼거렸다. 그런 에르티나를 바라보며 '생각한 거랑은 조금 다르지만, 우선 기운을 차려서 다행이네'라고 루아크가 재미있어하며 웃었다.

"그건 그렇고, 오랜만에 정말로 화내는 지스를 볼 수 있어서 좋았어요. 화내는 얼굴이 또 아름답거든요……. 분하지만 나, 좋아해요. 정말로 지스의 얼굴을 좋아해요."

"……좋아하는 건 얼굴뿐입니까?"

일단 같은 남자로서 카슈반이 동정을 담아 말하자, 알리시아는 남편이 지스칼드와 견주어 입에 올렸던 미남을 떠올렸다.

"오델 후작 부인, 잘생긴 남자를 좋아하신다면 아즈베르그의 지방백이신 디네로 님은 어떠신가요? 그쪽 집안도 저희 집안과 마찬가지로 몰락했으니 오델 후작 부인의 애인이 되고 싶어 하실지도 몰라요."

"어머, 당신도 미남이라고 느낄 정도로 잘생겼나요? 그렇다면 틀림없이 미형이겠네요……."

에르티나는 한순간, 결코 연기가 아닌 표정을 지어 보였다. 하지만 곧 한숨을 쉬며 쓴웃음을 지었다.

"……아뇨, 됐어요. 나도 알고 있는 걸요, 내가 지스의 내면도 좋아한다는 걸. 허세꾼에 폼만 재고, 냉혹하고 자기중심적이고, 신사인 척하는 주제에 결국 여자를 정치적인 도구나 살아 있는 보석 정도로만 인식하는 지스를 말이에요……. 아내인 내 앞에서만 방심해서 바보 같은 푸념을 흘리는 걸 볼 때면 무척 기뻐요. 그 사람은 어떨지 모르지만……. 나는 그 사람을 좋아한답니다."

그 사람을 좋아한다고 말하고 있다.

다소 씁쓸하게, 하지만 자랑스럽게 말하는 에르티나의 목소리가 묘하게 귓가에 맴돌고 있음을 알리시아는 느꼈다.

"남자의 못된 점을 귀엽다고 생각한다면 지는 거예요……. 후후, 그나저나 카슈, 당신이 나를 내팽개치고 귀여운 아내를 위기에서 구하려고 달려간 모습은 꽤 멋졌어요."

의미심장한 눈으로 알리시아를 바라보며 에르티나는 팔을 뻗었다.

그러나 팔이 닿기 직전, 한 가지 사실을 알아차린 카슈반은 스리슬쩍 에르티나와 거리를 벌리면서 찡그린 얼굴로 중얼거렸다.

"국왕 폐하께서 오델 후작이 야심을 품고 있다고 생각하셨다면, 섣불리 나를 포섭했을 경우 이번에는 후작이 반역자 취급을 받을 수도 있었겠지요. 또 이 바보 사신에게 살해당할 처지에 놓여 있기도 했고요. 결국 당신은 좋아하는 남자를 보호했을 뿐입니다. 딱히 은혜를 입었다고는 할 수 없는데요."

더는 당신 말에 놀아나 줄 이유가 없습니다. 카슈반은 암암리에 그렇게 말하고 있었다. 그 말에 에르티나는 '정말 재미없는 남자야'라고 토라진 얼굴을 한 뒤, 알리시아에게 미소를 지어 보였다.

"알리시아, 당신에게도 정말 미안해요. 내 남편이 폐를 끼쳤네요. 덧붙여 나도 당신 남편을 실컷 갖고 놀았고요."

"……아뇨……. 저, 저는 사치스러운 말은 할 수 없어요."

에르티나가 카슈라고 부를 때마다 뱃속에서 뭔가가 꿈틀거리는 정체불명의 감정을 주체하지 못하면서 알리시아는 고개를 저었다.

"그게 저는 카슈반 님이 돈으로 사들이신 아내니까요. 카슈반 님이 오델 후작 부인의 애인이 되고 싶으시다면 말릴 수 없답니다."

"……어머나."

한순간 고개를 갸우뚱한 후, 에르티나는 한층 더 얼굴을 찡그린 카슈반에게 히죽 웃어 보였다.

"나도 당신도 결혼 상대를 혼자 짝사랑하고 있네요. 후후, 동지네요. 기쁜걸요."

"……오델 후작 부인."

"어머 무서워라. 하지만 내가 본 바로는 알리시아도 자각이 없을 뿐이지……. 뭐, 아무래도 좋겠죠."

낮은 목소리를 낸 카슈반에게 과장된 동작으로 어깨를 으쓱해 보이고는, 에르티나는 알리시아와 시이르에게 이런 이야기를 했다.

"저기 알리시아, 시이르. 나를 에르티나라고 불러줘요. 두 사람 다 책을 좋아하죠? 다음에 만나면 각자 추천하고 싶은 책을 가르쳐주지 않을래요?"

"예, 물론입니다. 에르티나 님."

즐거워 보이는 여자들의 모습을 바라보며 트레이스는 카슈반에게 속삭였다.

"……저, 마님이 추천하실 만한 비장의 책이라면……."

"……후작 부인의 독서 취향도 폭이 넓으니까 괜찮지 않을까."

한숨을 쉰 카슈반은 '그러네'라고 말하면서 웃는 루아크의 머리를 난데없이 주먹으로 쥐어박았다.

"아얏―!! 우와 이거 진짜 아팟! 대체 뭘 하는 거야, 카슈반 형님?!"

"시끄럽다. 내가 왜 때렸는지 이미 알고 있을 텐데, 이 바보 아들놈아! 두 번 다시 제멋대로 행동하기만 해봐라!!"

루아크는 아파하면서도 어딘가 기뻐하는 듯이 보였다. 반면, 티르나드는 대조적으로 파랗게 질린 얼굴을 하고 고개를 숙이고 있었다. 세이그람이 그런 티르나드를 조용히 지켜보고 있었다.

"……티르나드 님."

"아…… 아니, 미안. 음 그러니까 로벨 자작……. 기운을 내세요."

어떻게 해야 좋을지 모르겠는지 의자에 앉아 있는 키리안에게 티르나드가 조심스럽게 말을 걸었다.

"저…… 그 후견인은 아니지만 원조해줬던 분이 그…… 어쨌든 앞으로 아주 힘드실 겁니다. ……영지를 맞대고 있는 자로서 저도 힘이 될 수 있으면 좋겠습니다."

묘하게 실감 나는 배려에 키리안은 울고 싶은 얼굴을 하며 '고맙습니다'라고 대답했다.

별빛에 비친 그리운 거대한 건물.

오랜만에 생가 페이트린의 저택을 올려다보며 알리시아는 들뜬 목소리를 냈다.

"아아, 조금도 변하지 않았네요. 지붕의 구멍……! 진열창의 금……!!"

"……기뻐해 주니 나도 기쁘군."

쓴웃음을 지은 카슈반과 나란히 걸으면서 알리시아는 계속 주변을 두리번거리며 눈을 반짝이고 있었다.

아즈베르그 지방으로 돌아가는 도중에, 라이센 가 일행은 카슈반의 지시로 페이트린 가 저택에 들렀다. 지방백의 저택에 걸맞은 하얀 새를 연상시키는 웅장하고 화려한 건물도, 과거에는 정원사가 손질했던 넓은 정원도 때 묻고 황폐해져서 마치 유령 저택 같았다.

고용인들은 마차에 남겨두고 왔기에 잡초투성이인 정원을 걷는 사람은 라이센 강공작 부부뿐이었다. 노라도 처음에는 따라오려 했다. 하지만 루아크가 '와—, 여기 분명히 뭔가가 나올 거야'라고 한 말이 효과를 발휘했는지, 아니면 여느 때와 다르게 얌전해진 티르나드가 신경 쓰였는지, 최종적으로는 마차에 남기로 했다.

"어머나, 리고에 열매가 열렸어요!"

황폐해진 채 방치된 정원 구석, 자신이 만든 밭을 본 알리시아는 놀라서 소리를 냈다.

"틀림없이 말라버렸을 거라 생각했는데! 대단해요, 역시 페이트린은 지력이 풍부하네요……. 꺄악?!"

종종걸음으로 달려간 알리시아는 우거진 리고 나무 건너편에서 갑자기 나타난 야윈 체구의 노인을 보고 깜짝 놀랐다.

"어, 어머, 유령…… 은…… 아니네요."

"헷, 우왓, 누, 누구……. 앗, 라이센 강공작!"

살짝 유감스러워 보이는 알리시아 이상으로 놀란 노인은 카슈반의 모습을 확인하자 허둥지둥 머리를 숙였다.

"아아, 신경 쓰지 말게. 미안하군, 갑자기 들이닥쳐서."

카슈반은 노인의 존재를 아는 것 같았다. 특별히 낭패스러워하는 기색은 없었다.

"아, 아뇨……. 오신다고 말을 들었다면 준비를 해두었을 텐데요."

"신경 쓰지 않아도 되네, 아내와 잠시 들렀을 뿐이야."

"헷! 아, 아아, 이거, 아니, 이분이 소문의……. 아아, 처음 뵙겠습니다, 마님. 신세를 지고 있습니다. 이 저택은 저희가 확실히 관리하니 안심하십시오."

뭔가 여러모로 하고 싶은 말이 많은 표정을 지으면서도 노인은 꾸벅꾸벅 머리를 숙이며 다른 곳으로 사라졌다.

"카슈반 님, 지금 그분은 누구시죠?"

"……이 저택의 관리인이다. 말하지 않아서 미안하다. 일단 네 취향에 맞게 관리하도록 했는데, 맘에 들지 않는 점이 있다면 말해라. 고칠 테니까."

그 말을 듣고 알리시아는 다시 한번, 예전에 자신이 살던 저택을 올려다보았다.

분명히 지붕에는 구멍이 뚫려 있고, 진열창에는 금이 가 있었으며, 벽 아래쪽은 잡초가 휘감겨 있었다.

그러나 그 광경은 알리시아가 시집가기 전에 보던 것과 똑같았다. 원래대로라면 지금은 더 황폐해져 있어야 옳았다. 그런데도 마치 시간이 멈춘 듯 저택의 상태는 조금도 변하지 않았다.

가슴 한가득 밀고 올라오는 기쁨에, 알리시아는 상냥한 남편을 바라보며 깊이 머리를 숙였다.

"관리인을…… 두고 계셨군요. 리고까지 키워주다니…… 고맙습니다, 카슈반 님……. 그 무엇과도 바꿀 수 없는 선물이에요……."

"신경 쓰지 마라. 직접적인 권리는 티르나드가 갖고 있다고 해도 실질적인 주인은 나니까 말이다. 관리 정도는 해야지."

"그렇지요. 전혀 관리하지 않는다면 팔 수 없으니까요."

결국 키리안은 페이트린 저택의 매입을 포기했다. 지스칼드가 오기 때문에라도 계속 원조를 해주고는 있었지만, 로벨 가 저택을 유지하는 정도만으로도 재정이 빠듯해졌기 때문이다.

그러나 또 언제 이런 이야기가 불거져 나올지 모를 일이었다. 섭섭하다는 생각은 들지만 그것도 어쩔 수 없는 일이죠, 알리시아는 그렇게 중얼거렸다. 카슈반은 그런 알리시아를 예의 상냥하면서도 슬퍼 보이는 눈으로 바라보았다.

"저, 저기…… 저택의 상태를 보여주시려고 이곳에 데려오셨나요?"

가슴이 두근거리는 걸 느끼면서 알리시아가 질문하자, 카슈반은 질문에 대답하는 대신 '좀 더 걸을까?'라고 말했다.

살짝 곤혹스러워하면서도 알리시아는 고개를 끄덕였다. 알리시아와 보조를 맞추어 천천히 걷기 시작한 카슈반은 당돌한 이야기를 시작했다.

"알리시아. 너도 '꿈의 왕자님'이라는 책을 읽었나?"

"에……? 예. 일단 읽었습니다. 카슈반 님도 읽으셨죠?"

내용은 에르티나가 평가한 그대로였기 때문에 알리시아는 솔직히 그렇게까지 마음이 끌리지는 않았다. 보존 상태가 무척 좋았기 때문에 높은 가격에 팔 수 있겠다고 생각하기는 했지만.

그러나 카슈반은 알리시아와는 다른 부분이 신경 쓰이는 듯했다.

"그 뭐시기라고 하는 왕자님은 평상시에는 어디에 있지?"

"예?"

"매번 공주가 납치당할 위기에 처하면 그 녀석이 튀어나오잖아? 그만큼 가까이에 있다면 용이 가까이 오는 것도 알 수 있었겠지. 그런데 항상 공주가 납치되기 직전 단계에서 튀어나오잖아. 몇 구나 되는 사랑의 시를 읊을 정도로 사랑하는 여자라면 좀 더 빨리 구해주라고."

"어, 그게…… 듣고 보니 그러네요."

"나라면 먼저 용을 퇴치하러 갈 거다. 그 뒤, 부하를 시켜 좀 더 견고한 요새나 그런 곳에서 공주님을 보호할 거야. 덧붙여 용이 찾아올지도 모를 때에는 졸랑졸랑 밖을 돌아다니지 않도록 맹세를 받아내야지. 또 대체 왜 혼자서 싸우지? 병사들을 데리고 있지 않은가?"

아무래도 카슈반은 소녀들이 좋아하는 연애 소설의 법칙이 마음에 들지 않는 모양이었다. 이해할 수 없다는 얼굴로 중얼거리고 있었다.

"그러네요……. 하지만 공주님이 납치당할 뻔한 일을 겪지 않으면 왕자님이 활약할 수 없으니까요……."

"……너도 그런 왕자님이 좋은가?"

또다시 갑자기 화제가 바뀌었다.

당혹해 하면서도 알리시아는 잠시 생각하고 나서 이름을 하나 입에 올렸다.

"책에 등장하는 인물 중 좋아하는 사람이 있냐고 물으신다면…… 저는 페넬트 경을 좋아한답니다."

"……그 이야기에 그런 등장인물이 있었던가?"

의아해하는 카슈반에게 알리시아는 고개를 저었다.

"……아뇨. '꿈의 왕자님'이 아니라, '목 없는 기사의 복수'의 주인공이에요. 엄청 멋있답니다. 목이 없는 걸요! 유령 말에 올라타고 안개 저편에서 달려와 자신에게 모반의 혐의를 씌운 과거의 친우를 창으로 한 번! 두 번!!"

다음에 에르티나에게도 추천해주려고 생각했던 책 이름을 대면서 알리시아는 황홀한 듯이 말했다. 그런 아내를 보고 카슈반은 쓴웃음을 지었다.

"……뭐, 네가 얼굴에 연연해 하지 않는다는 점만큼은 잘 알았다."

그렇게 중얼거린 카슈반의 입술에서 문득 미소가 사라졌다.

"오델 후작은 임금님이 되고 싶은 모양이더군. —하지만 나는, 왕자님이 되고 싶다."

조금 전까지 지랄딘 왕자에 관해 가차 없는 지적을 늘어놓던 사람이 내뱉었다고는 생각할 수 없는 말에, 알리시아는 고개를 갸우뚱하며 자리에 멈춰 섰다.

어느샌가 두 사람은 페이트린 저택의 측면에 있는 숲 안쪽에

까지 들어와 있었다. 달빛이 고고하게 비추고 있는 그 장소는 검은 그림자로 변한 나무들 때문에 주변으로부터 원형으로 단절되어 있었다. 마치 동화책에 나오는 곳처럼.

"그런 식으로 한 여자를 소중히 하면서, 오로지 그것만을 위해 살고 거기에 만족할 수 있는…… 그런 남자가 되고 싶다."

담담하게 말한 카슈반은 홀연히 몸을 숙여 알리시아의 손을 잡았다.

"나와 춤춰주시겠습니까? 공주님."

손등을 살짝 스치는 상냥한 입맞춤.

갑자기 찾아온 '배가 아픈' 감각에 달아오르는 얼굴을 느끼면서, 알리시아는 머뭇머뭇 말했다.

"아, 저, 죄, 죄송합니다. 제 손, 거칠어서……."

지스칼드에게 지적받은 일을 떠올린 알리시아는 저도 모르게 입을 놀렸다. 그 말에 카슈반은 살짝 웃었다.

"……나한테도 그 일을 에둘러서 비아냥거렸지, 그 자식. 하지만…… 나는 일하는 데 익숙해진 이 손이 좋다."

좋다.

귀 안쪽에서 울려 퍼지는 목소리에 잠시 정신을 놓고 있는 사이, 카슈반이 알리시아의 허리에 손을 두르고 그대로 끌어당겼다.

"어중간하게 배워서 잘 출 자신은 없지만…… 그때는 이끌어 주겠어? 알리시아."

"앗……, 아, 예."

발밑이 흔들리는 것을 느끼면서 알리시아는 카슈반이 이끄는 대로 춤추기 시작했다.

음악도 없고, 서로가 알고 있는 스텝도 달랐기 때문에 처음에는 좀처럼 움직임이 맞지 않았다. 그러나 체격이 큰 점이 오히려 효과를 발휘해서 최종적으로는 카슈반이 알리시아를 반쯤 휘두르는 형태가 되었다. 그래도 어떻게든 두 사람은 서로 바짝 달라붙어서 춤을 추는 데 성공했다.

"……후후. 뭔가 무척 재미있는데요, 카슈반 님."

감각으로는 아버지에게 안겨서 뱅글뱅글 맴돌고 있었던 때와 비슷했다. 지스칼드가 이끌며 보여주던 우아함과 스텝의 완벽함은 비교조차 할 수 없었지만, 그때보다 몇 배나 기쁘고 즐거웠다.

천진난만하게 기뻐하는 알리시아가 아슬아슬하게나마 확실하게 스텝을 밟고 있는 모습을 내려다본 카슈반은 조금 애절하게 웃었다.

"오르간을 칠 줄 알고, 춤도 출 줄 아는가. 여러모로 일이 많아서 완전히 잊어버리고 있었지만 너는 정말로 명문가의 영애…… 공주님이로군. 원래대로라면 멋진 왕자님과 맺어졌어야 했을 텐데."

그 표정을 본 순간, '배가 아픈' 감각에서 달콤함이 빠져나가고 대신 씁쓸한 뭔가가 자리를 대신 채우기 시작했다.

불안한 듯이 올려다보는 알리시아의 허리를 안은 채, 카슈반은 아내의 뺨에 한 손을 갖다 댔다.

"나는 아마도 너를 좋아하는 거야."

카슈반이 똑바로 눈을 바라보며 내뱉은 말을, 알리시아는 한 순간 이해할 수 없었다.

다음 스텝을 잊어버린 아내를 상냥한 눈으로 바라보며 카슈반은 말을 이었다.

"사랑하고 있다고, 말해도 좋을지도 모르지."

"카, 카, 카…… 카슈반, 니임……?"

아무리 남녀 간의 애정에 둔하다고 해도, 얼굴을 맞대고 이렇게까지 노골적으로 고백하면 모를 수가 없다.

머릿속이 새하얘져서 완전히 굳어버린 알리시아를 살짝 끌어안고, 카슈반은 다시 그저 몸을 흔드는 식으로만 보이는 춤을 추기 시작했다.

"좋아하니까, 사랑하니까 더는 바라지 않는다는 마음을, 너는 알까?"

"……네……?"

알겠느냐고 질문을 받았음을 알 수 있었기에 알리시아는 어쨌든 고개를 들려고 했다. 그러나 조용한 목소리에 저지당했다.

"아무 대답도 안 해도 좋다. 내가 멋대로 떠들고 있을 뿐이니까. 그냥 듣고만 있어 줘."

"어……, 저, 하지만……."

극도로 혼란스러운 상태에 빠진 알리시아에게 카슈반은 정말로 자기 멋대로 이야기를 계속했다.

"알리시아. 너는 언제나 방긋방긋 행복하게 웃으면서, 무리하지 않고 순간순간 손에 넣은 것에 만족할 줄 알지. 네 그런 점은 미덕이라고 생각한다. 아마 나도 그런 점에 끌렸겠지."

허리를 안은 카슈반의 손에 힘이 들어갔다.

"하지만 말이다…… 알리시아. 이따금 네가, 누구보다도 불행해 보인다."

"그런…… 저."

지금 매우 행복합니다. 그렇게 말하려고 한 입을 카슈반이 한 손으로 살며시 막았다.

강한 힘도 아니었는데, 신기하게도 거스를 수가 없어서 알리시아는 잠자코 있는 수밖에 없었다.

"주위에서 본다면 너는 비극의 주인공이다. 열다섯 살 나이에 좋아하지도 않은 남자에게 두 번이나 시집을 오고, 덧붙여 상대는 평판이 나쁜 벼락출세한 귀족. '날개의 기도' 교단에는 목숨을 위협당하고, 왕가에게는 미운털이 박혔다……. 그런데도…… 너는 항상 웃고 있다. 내 품 안에서조차……."

입을 막고 있던 손이 뺨을 감쌌다.

그 동작만으로도 온몸이 떨릴 정도로 '배가 아파' 와서, 알리시아는 미간을 찡그리며 카슈반을 올려다보았다.

"페이트린 저택의 권리를 네게 위임할 준비를 할 거다. 나와 헤어진 후에도 네가 소중히 여기는 저택을 걱정하지 않을 수 있도록. 물론 관리는 지금까지처럼 계속할 거야."

울 것 같은 알리시아의 얼굴을 바라보며 카슈반이 입에 담는 말은 한없이 상냥하기만 했다.

"언제라도 나와 헤어질 수 있도록 해둘 것. 내게 있어 그게 너를 사랑하는 일이다, 알리시아."

뺨에 닿아 있던 손이 미끄러져 알리시아의 어깨를 안았다.

부드럽게 스텝을 밟으면서 끌어안기는 바람에 알리시아는 참지 못하고 눈을 감았다.

"공주님이 괴물에게 잡아먹히는 이야기는 누구도 원하지 않잖아?"

왕자님이 되고 싶다고 바라던 목소리가 괴물 이야기를 하고 있다.

"……괴물도 사실은 그런 결말을 바라지 않아."

자신은 왕자님이 될 수 없다. 그렇게 믿고 있는 슬픈 목소리가 알리시아에게는 추악한 검은 용의 고독한 외침처럼 들렸다.

종장

페이트린 지방에서 돌아온 지 10일. 알리시아는 한 통의 편지를 품에 안은 채, 라이센 저택의 2층에 있는 카슈반의 방 앞에 와 있었다.

"다시 말해서 오델 후작은 일이 어떻게 굴러가도 자신에게 이득이 되도록 계획하고 있었군."

살짝 열린 문 건너편에서 들려온 카슈반의 목소리에 보고하러 왔던 세이그람의 목소리가 대답했다.

"예. 앞선 바스틀 백작의 작전이 성공해 당신과 알리시아 님을 망자로 만들 수 있었다면 그것도 좋은 일. 실패했다면 바스틀 백작만을 잘라내고 다음 계획을 진행하면 됩니다."

"페이트린에 잠복해 나를 자신의 말에 따르게 해도 좋은 일이었겠군. 덧붙여 로벨 가 남매와 알리시아, 티르까지 포섭해서 자신이 표면에 나서지 않으면서도 페이트린과 레이덴 지방을 손아귀에 넣을 수 있다면 금상첨화고."

'날개의 기도' 교단과의 관계를 지스칼드는 당분간은 깨고 싶지 않았으리라. 키리안의 후견인이 되지 않았던 이유도 자신은 표면에 나서지 않으면서 물밑으로 서서히 세력 범위를 넓히고 싶다는 꿍꿍이가 있었기 때문이겠지.

"내가 말을 안 들으면 '날개의 기도' 교단을 시켜 반역자를 처분한다는 대의명분으로 나를 처리하면 되었겠지. 흥, 하여간에 빈틈도 없고 귀여운 구석이라고는 더더욱 없는 놈이야."

지스칼드에게 실컷 들은 빈정거림을 떠올렸기 때문일까, 카슈반은 불쾌한 표정을 지었다.

"하지만 지금 생각해보면 나름 초조했던 것 같다. 애당초 바스틀 가가 알리시아를 사들이는 일을 용납한 것 자체가 지방백지상주의자인 오델 후작 각하답지 않은 실태였지. 앞으로 국왕폐하가 사위를 어떻게 대할지 볼 만하겠어."

짓궂게 입술 끝을 끌어 올리며 웃기도 잠시, 카슈반은 갑자기 진지한 얼굴을 했다.

"그건 그렇고 그 녀석, 묘할 정도로 집요하게 알리시아에게 접근하던데…… 설마 진심으로 알리시아를 마음에 들어 한 건 아니겠지?"

진지하게 아내를 걱정하는 남편과 비교해 세이그람의 대답은 차가웠다.

"그건 아니겠죠. 썩어도 준치. 아니, 썩어도 지방백의 영애라고 하지만 알리시아 님과 같은 진귀한 동물에게 오델 후작이나 되는 분이 진심이 되리라고는 생각할 수 없습니다. 이전에는 죽여 버리려 했었으니, 아마도 당신을 향한 심술의 일환이 아니었을까요? 그런 자의식 과잉인 남자는 똑똑하지 못한 여자가 제대로 상대해주지 않으면 오히려 불타오르니까요. 중간부터는 오기를 부린 게 아닐까 싶습니다."

“모시고 있는 주인의 후견인의 부인에 관해 잘도 그렇게 말하는군요…….”

조심스럽게 서 있던 트레이스가 저도 모르게 중얼거렸을 때였다. 카슈반은 알리시아를 눈치채고 바로 웃는 얼굴을 해 보였다.

“아아, 왜 그러지? 알리시아. 사양 말고 들어와라.”

“아니, 마님도 계셨습니까? —그럼 저는 우선 실례하지요. 티르나드 님이 또 죽어라 공부를 하고 계셔서 말입니다.”

“……오히려 네가 바라는 바가 아니었던가?”

세이그람은 매일같이 티르나드에게 자신의 주인에 걸맞은 인간이 되라고 시끄럽게 잔소리를 해대고 있다. 좋은 경향이 아니냐고 카슈반은 말하고 싶은 듯했지만, 세이그람은 한숨을 내쉬었다.

“자신을 위해 공부를 하신다면 좋습니다. 하지만 그분은 지금 제가 그분 곁을 떠나지 않을까 겁이 나서 그리하고 계실 뿐입니다. ……정말로 불쾌합니다. 또 잠꼬대로 몇 번이나 유란을 부르고 계십니다. 이번에 보고를 드리러 오는 사람은 저만으로도 충분하다고 말씀드렸는데도……. 얼굴이 파랗게 질린 주인을 데리고 이곳까지 와야 하는 저도 생각해주셨으면 하네요.”

지스칼드가 내뱉은, ‘유란이라는 남자가 당신을 만나고 싶어 한다’라는 한마디.

티르나드의 태도는 그 말이 큰 영향을 끼치고 있을 게 틀림없었다. 티르나드의 상태에 관해 들은 카슈반은 험악한 얼굴이 되었다.

"……알았다. 나도 티르에게 좀 쉬라고 하더라고 전해주게. '날개의 기도' 교단의 움직임은 뭔가 알아내는 부분이 있다면 바로 보고하고."

"알았습니다. 발로이 님도 오델 후작과 한판 뜰 생각이면 특별히 10% 할인된 금액으로 손을 빌려주겠다고 하십니다. 그럼, 실례하겠습니다."

인사를 한 세이그라맘은 '이번에야말로 그 암고양이의 가슴을 이용해야 할 때인가……'라고 중얼거리면서 방에서 나갔다. 그런데도 알리시아는 여전히 문밖에 서 있었다.

"어 그러니까…… 조금만 기다려주세요. 순서를…… 아아, 안 되겠어. 세이그라맘도 있는 편이 더 좋았는데."

"왜 그러냐, 세이그라맘에게 볼일이 있나?"

"아뇨, 되도록 사람 눈이 많은 곳에서 하는 편이 바람직하다고 에르티나 님이."

그 말을 듣고 카슈반은 알리시아가 손에 든 종이가 최근 들어 에르티나가 자주 보내오는, 화려한 종이에 쓰인 편지임을 알아차렸다.

"오델 후작 부인이 뭘 시키셨죠……? 아, 알리시아 님."

트레이스가 의아한 듯이 고개를 갸우뚱하는데, 알리시아가 그의 옆을 빠져나가 똑바로 카슈반에게 다가갔다.

왜 그러지? 라고 묻고 싶어 하는 상냥한 눈을 한 카슈반에게 알리시아는 몸을 딱 붙였다. 그리고 그 행동에 놀란 카슈반의 얼굴을 물끄러미 바라보며 말했다.

"딱 질색이에요."

카슈반의 눈이 크게 벌어졌다.

한편, 알리시아는 바로 카슈반에게서 떨어져서 굳어버린 트레이스를 곁눈으로 바라보며 다시 방 밖으로 나갔다. 그리고 실내의 카슈반을 바라보며 또 이렇게 말했다.

"좋아해요."

카슈반은 어쩌면 좋을지 알 수 없는지 침묵한 채 꿈쩍도 하지 않았다.

석화된 상태인 남편과 손에 든 편지를 번갈아 바라보면서 알리시아는 중얼거렸다.

"어머, 반응이 없네요. 순서가 반대인가요? 하지만 그러면 평범해지는데."

"뭐야 뭐야. 알리시아, 무슨 놀이 해?"

그 자리에 불쑥 얼굴을 내민 자는 말할 필요도 없이 루아크였다.

"아아, 에르티나 님이 '소악마적인 행동'을 가르쳐주셔서 한 번 실천해보려고 했거든요. 이걸 하면 말이죠…… 카슈반 님이 저를 좀 더 좋아해 주실 거라고 하셨어요."

완전히 편지 친구가 되어버린 에르티나와는 최근 빈번하게 편지를 주고받고 있었다.

에르티나가 특히 카슈반에 대한 이야기를 듣고 싶어 했기 때문에, 알리시아는 뱃속에서 뭔가가 꿈틀거리는 정체불명의 감정을 맛보면서도 페이트린의 저택에서 남편이 했던 말을 거의 그대로 적어서 보냈다.

그랬더니 에르티나는 바로 답신을 보내왔다.

「좋아한다고 말하면서 이별의 뉘앙스를 풍기다니 최악이네. 그런 남자는 바보 같은 소리를 하지 못할 때까지 좀 더 당신을 좋아하게 만들어야 해요.」

"아, 그렇구나. 덧붙여 나도 카슈반 형님에게 후작 부인에게서 온 편지를 주러 왔는데…… 앗, 그러니까…… 읽을 수 있겠어? 형님."

아직 완전히 회복하지 못한 카슈반을 보며 루아크는 히죽 웃었다.

"자기가 먼저 헤어질 수 있도록 해두라고 말한 주제에, '딱 질색이에요'라고 한마디 들었다고 그렇게 침울해하냐. 그럴 거면 차라리 폼을 재지 마."

"……또 훔쳐 들었냐!! 이 녀석, 아무리 그래도 전 왕녀 전하께 온 편지다!!"

제정신을 차린 카슈반의 손을 재빨리 피하면서, 루아크는 에르티나가 보내온 편지를 멋대로 뜯어보았다.

"어디 보자. ……아하하, '걱정하지 않아도 당신들 관계는 분명히 해피엔드가 될 거예요. 그러니까 아주 약간, 심술을 부려도 되겠죠?'라는데?"

머리를 끌어안은 카슈반에게 루아크는 생긋 웃어 보였다.

"평범한 공주님이라면 유서 깊은 왕자님과 이어지고 싶어 하겠지만, 우리 사신 공주님은 좀 다르지 않을까?"

"……시끄러워."

떫은 얼굴을 하고 말을 내뱉은 카슈반에게, 알리시아는 머뭇거리면서 말했다.

"사, 사치스러운 소리를 해서 죄송합니다. 하지만 저, 되도록 카슈반 님과 헤어지고 싶지 않아요. 분명히 여러모로 나쁜 소문도 있지만…… 가령 폭군이라도, 짐승이라도, 변태라도, 괴물이라도, 머리가 있어도 없어도 제게는 이상적인 서방님이신걸요."

또다시 굳어버린 카슈반의 옆에서 트레이스도 사이좋게 굳어버린 가운데, 루아크는 바닥을 구르며 폭소했다.

"그러니까…… 저도 카슈반 님을, 카슈반 님 몫까지 좀 더 좀 더 좋아하고 싶으니까…… 좀 더, 저를, 그…… 좋아해…… 주세요."

두번 다시 그런 슬픈 이야기를 듣지 않을 수 있도록.

알리시아가 얼굴을 빨갛게 물들이며 말을 마친 후, 카슈반은 눈을 감고 천장을 올려다보았다.

"……그러니까 너는 나를 너무 받아준단 말이다. 젠장, 더 이상 어떻게 좋아하란 말이냐……."

조금 분하다는 듯이 카슈반이 하는 혼잣말을 듣고, 알리시아는 한층 더 새빨개졌다.

작가 후기

이 책을 처음 읽으시는 분들, 처음 뵙습니다. 그리고 앞 권부터 읽어주신 분들, 언제나 신세를 지고 있습니다. 오노가미 메이야입니다. 시리즈 네 번째 작품 「사신 공주의 재혼 —나의 귀여운 왕자님—」을 읽어주셔서 감사합니다!

이번 권의 신캐릭터는 완벽한 왕자님을 꿈꾸는 소녀와 유부녀 왕녀입니다. 표면적인 의미만 보면 소녀 소설에 심취해 있는 인물들입니다만…….

앞 권에서 이름만 나왔던 지스칼드가 이번 권에서 정식으로 등장하게 됐습니다. 이 지스칼드에게는 제가 생각하고 있는 '왕자님'의 요소란 요소는 모두 집어넣었지요. 표면상으로는요. ……실제 성격은, 읽으신 그대로입니다.

꿈꾸는 폭주 소녀 시이르는 항상 들떠 있는 캐릭터라 쓰는 데 무척 재미있었습니다. 오빠인 키리안과 함께 앞으로 고생길이 훤할 것 같습니다만, 알리시아와는 책벌레 친구로서 사이좋게 지냈으면 좋겠습니다.

에르티나는 성숙한 여자를 좋아하는 작가의 취향이 반영된, 딱 좋은 점만을 골라 만든 캐릭터라는 느낌이 듭니다. 선배 유부녀로서 아직 부부로서 많이 부족한 라이센 부부를 단련시켜준다면 기쁘겠네요.

이번 권의 부제는 「나의 귀여운 왕자님」입니다만, 읽으시는 분에 따라 '나'가 누군지, '왕자님'이 누군지 모두 다를 것 같습니다. 어떤 조합이 인상에 남으셨는지요? 가장 중요한 '사신 공주'와 '괴물'의 사이는 서로를 너무 생각해준 탓에 한층 더 귀찮게 돼버렸습니다만…….

덧붙여 플롯 단계에서는 이 책을 읽어주신 멋진 공주님들이 곤란에 처한 왕자님들을 귀엽다고…… 생각해주시면 고맙겠다…… 라고 생각했습니다.

시이르의 시에 폭소한 담당편집자 미카지리 씨, 자료 DVD를 보여주신 키시다 메루 씨와 함께 다음 권도 힘내겠습니다. 다음 권에서는 티르나드가 엄청 노력하게 될 것 같네요.

덧붙여 이번에, 비즈로그의 모바일 사이트에 카슈반 시점의 번외편 비슷한 단편을 써서 올…… 렸습니다. 상세한 내용은 띠지 뒷면에 실려(현지 이야기) 있으니, 이쪽도 잘 부탁합니다.

2008년 8월 8월 오노가미 메이야

사신공주의 재혼 4

초판 1쇄 발행 2018년 9월 15일

저자 오노가미 메이야

발행인 원종우
발행처 이미지프레임

주소 (13814) 경기 과천시 뒷골1로 6, 3층
영업부 02-3667-2653 **편집부** 02-3667-2654 **팩스** 02-3667-2655
메일 alicenovel@imageframe.kr **웹** alicenovel.com

ISBN 979-11-6085-291-2 02830 (4권) 979-11-6085-287-5-02830 (세트)